婚活食堂4

山口恵以子

PHP
文芸文庫

○本表紙デザイン＋ロゴ＝川上成夫

目次

目次・章扉デザイン——大岡喜直（next door design）
イラスト——pon-marsh

一皿目

嵐を呼ぶ蟹面（かにめん）

柱時計の針が午後六時を指した。

恵(めぐみ)は入り口の戸を開けて暖簾(のれん)を店の外に掛けた。それから立て看板の電源を入れ、「準備中」の札を裏返して「営業中」に変えた。

そのとき、天から低い音が聞こえた。思わず空を見上げると、狭い路地から覗(のぞ)く空はすでに真っ暗で、雲の切れ間も見えない。いつの間にか、すっかり暗雲が垂れ込めていたようだ。

突然、空の一部がピカッと光り、鋭い音が鳴り響いた。次の瞬間にはパラパラと雨が落ちてきた。

いやだわ、開店早々……。

恵は店の中へと入り、戸を閉めた。カウンターに入る手前で、またしても店の外に光が走り、雷鳴が轟(とどろ)いた。それに続く雨音は、早くも「パラパラ」から「ザーッ！」に変わっている。入り口はガラス張りの格子戸(こうしど)なので、雨は吹き込まないが音は結構入ってくる。

今日は土曜日で、会社帰りのサラリーマンの集客はほとんど望めない。それでなくても苦戦が予想されるのに、この土砂降(どしゃぶ)りでは客足はいよいよ遠のいてしまうだろう。

十二月だというのに、こんな激しい雷雨に見舞われるとは珍しい……と呟こうとして、ふっと言葉を呑み込んだ。

昨今の日本の気象は、もはや昔と同じではない。何十年に一度の豪雨災害が毎年のように起こっている。新しい流行病が発生したと思ったら、半年もしないうちに世界中で都市機能が麻痺するほどの事態に追い込まれた。

これからはもう、前と同じではいられない。何もかも変わってゆくのだろう。

思わず溜息を漏らしたとき、店の戸が勢いよく開いて、背の高い男が飛び込んできた。初めて見る顔だった。

「すみません、いいですか？　一人です」

「はい、どうぞ。いらっしゃいませ」

恵はカウンター越しにタオルを差し出した。

「お使い下さい。コートは壁に掛けられますから、お好きなお席にどうぞ」

「ありがとう。いきなり降られて参ったよ」

男性客はタオルで水滴を拭ってからコートを壁に掛け、真ん中の席に腰を下ろした。アタッシュケースは足下に置いた。

「ここ、おでん屋さんなんだね？」

席に着いてからやっと、おでん鍋に気が付いたらしい。

「はい。カウンターの大皿料理はお通しで、二種類選んでいただけます。あと、こちらが本日のお勧めになります」

恵は壁のホワイトボードを差し示した。

今日の大皿料理はきんぴらゴボウ、小松菜と厚揚げの辛子醤油和え、ちくわの梅しそチーズ巻き、厚焼き卵、そして……。

「これ、サブジだよね？」

男性客が一つの大皿を指さした。

「はい。インド風の野菜の蒸し煮で、カレー風味のラタトゥイユっていう感じですが、うちは干し野菜を使ってるのが、ミソなんです」

切って干物用のネットに入れて一日干すだけで、野菜は旨味が凝縮する。戻した汁ごと煮れば、更に旨さ倍増だ。

「おでん屋では珍しいな。じゃあ、これと……他にお勧めは何？」

「小松菜をどうぞ。冬が旬ですから」

厚揚げと茹でた小松菜を和え、昆布出汁と醤油と辛子で味を付けた簡単な料理だが、厚揚げのコクと辛子醤油のメリハリが利いて、食べ飽きない。

「それじゃ、小松菜」

お客さんはお通しの二品を決めると、飲み物のメニューに目を通した。

「やっぱり、まずは生ビール。小で」

「かしこまりました」

恵はサーバーからビールを注ぎ、お通しの皿をカウンターに並べた。お客さんは喉を鳴らしてビールを三口ほど呑み、小松菜をつまんで満足そうに頬を緩めた。

その間、恵は失礼にならないように遠慮しながら、初めてのお客さんを観察した。

とにかく容姿端麗だ。店に入ってきたときの様子から推定すれば、身長百八十センチ以上で脚が長くて八頭身。顔立ちは和風でキリリと整っている。

モデルやタレントでも十分通用するが、表情や言葉の端々に知性と落ち着きが感じられ、浮わついた雰囲気はまるでない。年齢は三十代半ばくらいに見えるが、もしかしたら若く見える四十代かも知れない。

いったい何をしている人なのか、恵は憶測を楽しんだ。

身につけている物はすべて一流品だ。

スーツもコートもオーソドックスで目立たないデザインだが、生地と仕立ての良さはひと目で分かる。黒革バンドのシンプルな腕時計は、普通のおっさんの持ち物のように見えて、実はパテックフィリップだ。

この人のように良い物をさりげなく身につけているのは、本人の趣味が良いか、腕の良いスタイリストを雇っているか、どちらかだろう。いずれにせよお金持ちに間違いない。

それがよりによって、こんな店に入ってくるなんて。

そう思うそばから「自分で言ってりゃ世話ないわ」と、恵は内心おかしくなった。

「次はやっぱり、おでんをもらおう」

お客さんの声で、恵はあわてて笑いを収めた。

「あれ、お宅、里芋(さといも)あるの？」

お客さんがわずかに腰を浮かせ、おでん鍋を覗き込んだ。

「はい。十月から翌年の一月まで、四ヶ月限定なんですけど」

「嬉(うれ)しいなあ。子供の頃食べたおでんは、いつも里芋が入ってたんだ。最近はジャガイモばっかりだよね」

「下処理が面倒ですからね。皮を剝(む)くと手が痒(かゆ)くなるし」

「里芋、コンニャク、大根、コブ、それと……ええと……」

恵は皿におでんを取りながら後の注文を待ったが、お客さんは迷っていて決まらない。

「牛スジ、葱鮪、つみれは如何ですか？　うちの自慢なんです」

「うん、それで」

お客さんは椅子に腰を落とし、グラスに残っていたビールを呑み干した。

「ええと、次は日本酒ね」

お客さんは飲み物のメニューを開いて、日本酒の欄に目を走らせた。

「喜久酔の特別純米。冷やで一合」

「お客さま、グッドチョイスです。このお酒、出汁の利いた煮物や湯豆腐にピッタリなんですよ」

感じの良いお客さんが酒の趣味も良かったので、恵は何となく嬉しくなって、声を弾ませた。

四ツ谷駅から徒歩一分ほどの距離に四谷しんみち通りはある。直線百五十メートルほどの細い路地の両側には、七十店を超える飲食店が軒を連ね、個性を競っている。ただし、値段の張る敷居の高い店は一軒もない。安心してリーズナブルに楽しめる店ばかりだ。

そのしんみち通りの、四谷側から入ると出口に近い一角に、昨年二月に五階建ての雑居ビルが竣工した。元は築六十数年の老朽化した木造店舗と古い雑居ビルだったのだが、二年半近く前に失火で全焼した。

当時、恵は古い木造店舗で、十年もおでん屋「めぐみ食堂」を営んできた。焼け出されたときはすべてを失って絶望したが、跡地を買い取った不動産賃貸業界の大手「丸真トラスト」のオーナー社長・真行寺巧の厚意で、新築ビルの一階にめぐみ食堂をリニューアルオープンすることが出来た。

一階はフロアの三分の一をめぐみ食堂が、三分の二を大手うどんチェーン店が占めている。しんみち通りでは、路面店のおでん屋はめぐみ食堂だけだ。

店を再開するまでの期間、恵は真行寺の紹介で新宿の小料理屋の雇われ女将を務めていた。女将修業は無駄ではなかった。料理と酒の知識が広がり、リニューアルオープン後は恵の作る季節の料理目当ての常連客も増えたくらいだ。

恵は今はおでん屋の女将だが、実は四十歳まで〝レディ・ムーンライト〟と名乗る人気占い師だった。しかし、夫とアシスタントが不倫した上、事故死するという不幸に見舞われ、傷心のあまり〝目に見えないものを見る力〟が消えてしまった。しかも、夫が恵の財産を投資で使い込んでいたため、知らない間に無一文になっていた。

そこに追い打ちをかけるように「占い師のくせに夫の事故を予知できなかったのか」「占い師なのに夫とアシスタントの不倫を見抜けなかったのか」と大バッシングを受け、テレビ番組のレギュラーや雑誌の連載など、マスコミ関係の仕事もすべて失った。

そのとき、ただ一人手を差し伸べてくれたのが真行寺だった。

何故真行寺がそこまで力添えしてくれたかというと、恵の占いの師であった尾局與が、真行寺の命の恩人であり、育ての親ともいうべき存在だったからだ。

尾局與は恵が占い師としてデビューを飾り、瞬く間に人気を博すと、突然この世を去った。

後で知ったことだが、人並み外れた能力のある占い師や霊能者は、その多くが長生き出来ない。生命力を使い果たすように早死にしてしまう。與は政財界にも信奉者を持つほどの占い師だったから、享年六十九は長生きした方だろう。

與は身寄りがなく、遺言執行人に真行寺を指定していた。その遺言に「くれぐれも玉坂恵のことを頼む」と書いてあったので、真行寺は與の遺志を尊重し、恩返しのつもりで恵の力になってくれたのだろう。

　事件のほとぼりが冷めた頃、たまたま不動産物件を探しに四谷に来た帰りに、古いおでん屋の前を通った。「めぐみ食堂」という看板を見て、吸い込まれるように店に入ると、白髪頭のお婆さんが一人で切り盛りするおでん屋だった。その店は、高齢で跡継ぎもいないので、明日で廃業するという。

　あれを天啓というのだろうか。恵は店を居抜きで買い取ろうと即断した。真行寺に連絡すると、快く賛成してくれた。

「実は、與先生はおでん屋の娘だったんだ。これもきっと、何かの縁に違いない」

　その言葉に背中を押され、恵は新たな一歩を踏み出した。占い師としてのキャリアを封じ、おでん屋の女将としての人生を始めたのだった。

　柱時計の針は六時三十分を回ろうとしていた。気が付けばもう雨音は聞こえない。いつの間にか雷雨は去ったようだ。

「こんばんは！」

　ガラス戸が開いて二人連れのお客さんが入ってきた。

「あら、いらっしゃい」

常連客の矢野亮太と妻の真帆だった。

「降られなかった？」

「うん。止むまで駅ビルのカフェでお茶飲んでたから」

「どうぞ、お好きなお席に」

二人はコートを壁に掛け、隅の席に並んで腰掛けた。

「生ビール、小」

「私、レモンハイ」

おしぼりを使いながら、二人は壁の「お勧め料理」に目を走らせた。

ホウボウ刺身（昆布締めまたはカルパッチョ）、自家製しめ鯖、自家製あん肝、イカの胆和え、イカの一夜干し、貧乏人のアスパラ。

「取り敢えずイカの胆和え、もらいましょう」

イカ好きの真帆は目を輝かせた。

「うん。だけど、その前にお通し……」

亮太は問いかけるように恵を見上げた。

「先に胆和え、お出ししますよ。ゆっくり決めて下さい」

「やったね」

真帆は片手を上げて、亮太と軽くハイタッチした。

二人は高校の同級生で、どちらも三十四歳。今年の春、結婚したばかりの新婚さんだから、まだ甘い恋人ムードが残っている。

亮太は見た目もなかなかの好青年で、真帆はしっとりとした色気のある和風美人。どこから見てもお似合いの夫婦だった。

「今日の胆和え、三日目です。ちょっと塩辛に近づいてるかも知れません」

「そっちも大好きよ」

真帆は胆和えを口に運んで、うっとりと目を細めた。

近頃は新鮮なイカが手頃な値段で手に入る機会は滅多にない。だからたまに市場に出ると少し多めに買って、刺身や炒め物で使う他、胆和えを作っておく。

イカのワタを煮切った酒と塩で溶き、皮を剝いて細切りにした身と足を和え、柚子の千切りを散らす。柚子の香りと新鮮なワタの旨味で、塩辛とはひと味違う珍味を堪能出来る。冷蔵庫で一週間は保存が利くのもありがたい。

「そうだ、ママさん、スペシャルある?」

亮太が尋ねた。

「はい。本日はまだ手つかずです」

「じゃあ、取り敢えず一個で」

恵はおでん鍋の隅から鶏ガラを箸で持ち上げ、大皿に載せて亮太の前に出した。それを見て、初めてのお客さんが目を丸くした。

「それ、なんですか?」

「出汁を取った後の鶏ガラなんです。塩・胡椒を振って食べると、美味しいんですよ。一日二個限定なんで、〝スペシャル〟」

めぐみ食堂のおでんの出汁は、鰹節と昆布の他に鶏ガラを二個使う。店を始めたばかりの頃、ある常連さんに教えてもらったレシピで、試してみたら評判が良いので定番にした。

骨にへばりついた肉は柔らかく煮え、旨味も十分にある。運が良ければレバーの切れ端もくっついている。

最初は賄いで食べていたが、売り物になる味だと思い立ち、メニューに入れた。今では必ず注文する常連さんもいる人気メニューだ。

「僕も〝スペシャル〟下さい。それと日本酒。礒自慢一合、冷やで」

恵はもう一個の鶏ガラを出してから、三人のお客さんに新しいおしぼりを配った。

「お客さま、どうぞ、手摑(てづか)みで召し上がって下さい」

言われるまでもなく、お客さんは骨を手で摑み、こびりついた肉を器用に囓(かじ)り取った。亮太と真帆は仲良く半分ずつ骨についた肉をせせっている。

「〝スペシャル〟の唯一の欠点は、蟹と同じで会話がなくなることだな」

亮太はきれいに食べ終わり、両手の指と口の周りをおしぼりで拭った。夫婦共に、グラスの中身を呑み干している。

「ママさん、しめ鯖とあん肝とイカの一夜干し。ねえ、ホウボウは何が良い？」

真帆が亮太の顔を見た。

「そうだなあ。この流れでいくとカルパッチョかな」

恵はお勧めメニューのホウボウを指し示した。

「今日はカルパッチョも昆布締めにしました。生の刺身で作るより、味が深いの」

亮太は真帆と頷(うなず)き合った。

「昆布締めにすると、刺身で食べるより美味(うま)いもんね」

「日本酒いただきたいんだけど、今日のお勧めは何？」

「丈径(たけみち)の生原酒かしら。王祿(おうろく)酒造のお酒で、しめ鯖やイカと合うし、内臓系とも相性が良いの。あん肝にもピッタリ」

「じゃあ、それで。ママさんのお勧めに間違いはないから」

「二合ね」

真帆がVサインのように指を二本立てた。

隣の席で〝スペシャル〟を食べ終わったお客さんが、残念そうに壁の品書きを見上げ、胃をさすった。おでんを二皿食べた上に〝スペシャル〟まで食べてしまったので、もう本日のお勧めの入る余地はないのだろう。

「ママさん、この店はいつもこんなにメニューが充実してるの？」

「お褒(ほ)めに与(あずか)って恐縮です。お勧めと大皿は日替わりですが、おでんは大体同じです。夏になると冷やしトマトおでんが出ますよ」

「それも美味そうだなあ……」

お客さんは独り言のように呟いた。美味しい物をたらふく食べたので、店に入ってきたときより表情が柔らかくなっている。

「この際だから、蟹面(かにめん)の宣伝もしちゃえば？」

亮太が恵とお客さんを見比べて、促(うなが)すように言った。

「蟹面って、金沢のあれですか？」

お客さんがわずかに身を乗り出した。

「ごめんなさい」

恵は片手で拝む真似をして、小さく頭を下げた。

「蟹面はもう、出来ないんです。あんまり蟹の値段が上がってしまって、もう、うちみたいなおでん屋が出せる食材じゃないんですよ」

ここ数年、蟹の漁獲量は減り続けて、三十年前の三割ほどに落ち込んだ。近年は蟹に限らず、秋刀魚やイカなど、庶民の味だった魚介類も漁獲量が激減しているが、蟹は一昨年から値段が高騰し、昨年末、めぐみ食堂は蟹面をメニューから外さざるを得なくなった。

「そんなに高いの？」

「大きな声じゃ言えないんですけど……」

恵が蟹面に使われる「香箱蟹」と呼ばれる小ぶりの雌ズワイガニ一杯の値段を口にすると、亮太も真帆も椅子から飛び上がりそうになった。

「うそ！」

「そんなに！」

恵は哀しそうに目を伏せて頷いた。

「予約するよって言って下さるお客さまもいるんですけど、結局ご辞退しました。

何故って、多分、それを見た他のお客さまは気を悪くなさると思うんですよ。うちは決して高級な店じゃないのに、一流料理屋さん並みの値段の料理を、一部のお客さまにだけお出しするのは、なんていうか……」

「回ってない寿司屋で〝時価〟って書いてあるネタ頼む客に、ムッとする感じ？」

亮太のたとえに、恵も真帆も初めてのお客さんも、小さく笑いを誘われた。

「そうそう。蟹面を食べたいお客さまは、最初からもう少し高級なお店に行っていただいた方が良いのよ」

「めぐみ食堂は、お味は高級だと思うわ」

「ありがとう」

恵はニッコリ笑って応えた。

真帆の気持ちは嬉しいが、飲食店はどこも「客層と価格帯」という厳然とした基準に縛られている。基準から外れると店は長続きしない。ある店が脱皮と上昇を繰り返してランクアップしたら、最初とはまったく別の店になってしまうだろう。

ミシュランの評価基準は五つあるが、ある店が一つ星から三つ星にランクアップしたなら、一つ星時代の店を愛していたお客さんには、まるで親しめないかも知れない。

恵自身は、グルメガイドに載るような店にしたいという野心はまったくない。料理の勉強をしたこともないずぶの素人が、それでも何とか店を続けられたのは「おでん屋」という業態のお陰だ。乱暴に言えば、あり物を買ってきて市販の出汁で煮れば、おでんは出来る。

そんな手探りの状態から始めて、やっと日替わりの季節料理を提供出来るまでになった。ひとえにお客さんに恵まれ、真行寺と運に助けられたからだと感謝している。

だから恵の願いはただ一つ。このまま、お客さんにとって居心地の良い店であり続けること。目先の利益を追って、お客さんの気分を害するような真似はしたくない。

メニューを眺めていた新しいお客さんが顔を上げた。

「お宅、茶飯あるんだね」

「はい。うちのはお出汁で炊いたご飯になります」

茶飯には、ほうじ茶で炊いて塩で味付けしたご飯もある。

「それじゃ、トー飯作ってくれない？」

「……トー飯？」

「茶飯におでんの豆腐を載っけて、山葵載せてお茶かけたやつ。前に西荻窪のおでん屋で食べて、美味かったんだ」

「はい。少々お待ち下さい」

恵は早速支度にかかった。トー飯を食べたことはないが、味の染みた豆腐を載せた茶飯のお茶漬けは、きっと美味しいに違いない。山葵の風味が味のアクセントになる。サービスで、もみ海苔をトッピングした。お茶をかければ、食欲をそそる香りが鼻腔に広がることだろう。

真帆は早くも亮太の袖を引っ張って「私たちもシメはあれを頼みましょう」と、目で訴えた。もちろん、と亮太は合点した。

亮太は四谷の会計事務所に勤務する公認会計士で、リニューアルオープン以来、めぐみ食堂の常連となった。

真帆は日本史で博士号まで取った優秀な研究者だが、主任教授の学説に異を唱える論文を発表したため、学会では傍流に追いやられていた。しかし今年、渓流新書で刊行した著作が十万部という異例の売れ行きを記録し、今やマスコミ各社からも注目されている。

亮太は結婚してからも、週に一回は真帆を連れてめぐみ食堂に通ってくれる。

しい。

「毎晩ご飯作ってもらうの、悪いから」とは亮太の弁だが、他の店ではなくめぐみ食堂を訪れるのは、夫婦揃って気に入ってくれているのだと思うと、この上なく嬉しい。

めぐみ食堂の自慢は、この店が縁で結ばれて、夫婦で来店してくれるカップルが、他にも何組かいることだ。

恵は人気占い師という地位と、目に見えないものが見える強い力を失ってしまった。その代わり、東京の片隅のこの小さな店と、人と人との縁を繋ぐ、ささやかな力を託されたのだと思う。だからこそ、その小さな力を大切に使って、誰かが幸せを摑む手伝いをしたいと、心から願っている。

「ああ、美味かった」

トー飯の丼をカウンターに置いて、お客さんが溜息を漏らした。米一粒も残さない完食に、恵は笑みを誘われた。

「お気に召して下さって、何よりです」

食後にはほうじ茶でなく、煎茶を出した。

「お勘定して下さい」

お客さんは明細を受け取るとすぐに財布を出し、勘定を支払った。

「領収書は如何しますか？」

「いや、結構です」

お客さんは釣り銭を財布にしまい、お茶をひと口飲んでから言った。

「ねえ、ママさん、お店貸し切りにしたら、蟹面やってくれる？」

恵は面食らってお客さんの顔を見返した。

「いや、話聞いたらものすごく食べたくなってね。実は来週の土曜日、大学の後輩に夕飯ご馳走する予定なんだ。この店にするよ」

お客さんは上着の内ポケットから名刺入れを取り出し、一枚抜いて恵に手渡した。恵は両手で押し頂き、店の名刺を差し出した。

名刺には「株式会社　ＫＩＴＥ　代表取締役社長　藤原海斗」とあった。他に住所と代表電話番号、ホームページのアドレスが印刷されている。

何をやっている会社か、恵には皆目見当がつかない。まさか凧を作っているわけではないだろうが。

「女性四人だから多少かしましいけど、暴れて店を壊したりはしないから」

海斗は笑顔で付け加えた。唇からきれいな白い歯が覗いて、まさにモデル並みだと、恵は改めて感心した。

「一日貸し切りでなくて構わないよ。夕方六時から二時間で」

土曜日は仕事帰りの勤め人の来店が見込めないので、五名のお客さんを確保出来るのはとてもありがたい。それも客足の伸びない早い時間帯なら、願ったり叶ったりだ。

「大変ありがたいお話ですが、うちでよろしいんでしょうか？」

「もちろん」

海斗は椅子から立ち上がった。

「おでんも美味いし、日本酒の品揃えも良い。お勧め料理も美味そうだ。それに、ママさんの営業方針にも大いに共感した」

真面目に褒められると面映ゆいが、嬉しくもあった。

「畏れ入ります」

「ごちそうさま」

海斗は一度戸口に歩きかけたが、思い直したように踵を返し、カウンターの真帆に一歩近づいた。

「あのう、もし間違っていたらすみません。ひょっとして『信仰の時代』をお書きになった、日高真帆先生ですか？」

日高は真帆の旧姓で、結婚前に書いた学術論文と整合するように、執筆活動は旧姓で続けている。

「はい。よくご存じで」

真帆は嬉しそうに答えた。『信仰の時代』は渓流新書で十万部も売れたが、内容は学識に富んでいる。つまり、難しい。街中で読者に声をかけられたことなど、これまでなかったのだろう。

「いや、正直言ってまだ読んでないんです。でも『わけあり中世日本』は拝読しました。大変面白かったです」

『わけあり中世日本』は、『信仰の時代』のヒットに目を付けた別の出版社が執筆を依頼した歴史読み物で、イラストが多用され、読みやすい。こちらも発売後すぐに増刷された。

「私はＫＩＴＥというネット関連事業の会社を経営しております、藤原海斗と申します」

海斗は名刺を真帆に差し出すと、よどみのない口調で語った。

「今はゲームアプリの開発と情報配信が事業の中心ですが、近く教育の分野にも乗り出す計画です。日高先生の学説は非常に斬新で大変面白く、感銘を受けました。

日本史を学んでいる途中の若者にも、趣味で歴史を学び直している高齢者にも、その魅力は十分に伝わるはずです。先生のこれからのご活躍に、微力ではありますが、我が社としてお力添え出来ることがあると思います。一度お時間をいただいて、詳しいお話をさせていただけないでしょうか？」

どうやら海斗はＩＴ起業家らしい。

真帆は最初はいくらか呆気に取られていたが、次第にその目が輝いてきた。

「はい。私の方は、構いません」

「良かった」

海斗は安堵したように、もう一度白い歯を見せて微笑んだ。

「ご連絡は、どちらにすればよろしいでしょう？」

「ちょっとお待ち下さい」

真帆はバッグを探り、名刺を出して海斗に渡した。

「日中はほとんど自宅で執筆しておりますので」

「ありがとうございます。週明けにもご連絡させていただきます」

海斗は名刺をしまうと、亮太に向かって頭を下げた。

「本日はせっかくの奥様との週末に無粋な話を持ち込んでしまい、申し訳ありませんでした」

「いえ、そんな……」

亮太は戸惑いつつも椅子を降り、海斗に頭を下げた。

「僕からもよろしくお願いします。彼女の力になって下さい」

「もちろんです。日高先生はこれから日本史の本流になられる方だと確信しています。ご一緒に仕事する機会を与えていただければ、全力で応援させていただきます」

海斗は最後に再び一礼し、コートの裾を翻して店を出て行った。その一連の動作は〝風のように〟と形容するのが相応しかった。恵も亮太も真帆も、つい見とれてしまった。

恵は溜息混じりに感想を漏らした。

「カッコいいわねえ。テレビの中から出てきたみたい」

「それは〝貞子〟だって」

いささか古くさいギャグで混ぜっ返してから、亮太は訊いた。

「でも、ママさんから見てどう、あの人？」

「詐欺師の類いじゃないと思うわ。自然体で、作為が感じられなかったし」

「それは占い師の勘（かん）？　それともおでん屋の女将さんとしての経験？」

「ハーフ&ハーフ」

恵は海斗の座っていた椅子に目を遣（や）り、全身像を脳裏（のうり）に甦（よみがえ）らせた。

「仕事が順調で収益も上向き……若くして成功した実業家のイメージは虚像じゃないと思う」

「貸し切りと蟹面で目が眩（くら）んでない？」

「ちょっとはね」

おどけた口調で言ってから、安心させるように付け加えた。

「真帆さんに関しては、純粋に仕事上の興味だと思うわ。教育の分野をどうやってネットに載せるのか、私はまるで分からないけど、事業欲だけで邪気はなかったわ」

真帆がチラリと亮太を見た。

「ね、そろそろおでんにしない？」

「そうだね。僕、大根とコンニャク、牛スジと葱鮪、つみれ」

亮太はめぐみ食堂の鉄板メニューを注文した。

「私、イイダコ。それと、里芋ね」

恵はおでん鍋から注文の品を皿に取り分けた。

「でも、ちょっと意外。亮太さんって、思ったより心配性ね」

「ヤキモチ焼きってハッキリ言っていいよ」

亮太は大根を箸で割りながら言った。

「あら、そんなこと全然ないわよ。私、普通に男の編集者と打ち合わせに行ってるもの」

真帆が意外そうな顔で亮太と恵の顔を見た。

「そりゃ、人によりけりだよ。あの藤原さん、韓流スターみたいじゃない。一応心配するよ」

「亭主焼くほど女房モテず、ですよ」

真帆は亮太の腕を肘（ひじ）でつつくと、亮太は照れたように微笑んだ。

「ママさん、おでんに合わせるお酒、何が良い？」

「やっぱり喜久酔の特別純米かしら。おでんの鉄板です」

「じゃ、喜久酔二合」

恵は喜久酔をデカンタに注ぎながら言った。

「でも、藤原さんの会社との仕事が上手（うま）くいったら、真帆さんにはすごい追い風よね。何と言っても今はネット社会だし」

「まだ企画の内容も分からないから、ぬか喜びになるかも知れないけど。でも、畑違いのジャンルの方に声をかけていただいたのは、すごく嬉しい。励みになるわ」

真帆は亮太と改めて喜久酔で乾杯した。シメはトー飯で決まっている。

幸せそうな新婚の二人を前に、恵もほんの少し幸せな気分になった。


その夜のめぐみ食堂には、他に五人連れの一見客と二人連れの常連客が訪れた。最近の土曜日としてはまずまずの入りだ。

まだ十一時十分前だったが、お客さんは皆引き上げてしまった。もう看板にしようと、恵は暖簾を下げに表に出た。

「あら」

すぐ目の前に歩いてきたのは、このビルのオーナー兼家主の真行寺巧だった。

「いらっしゃい。珍しいですね」

真行寺は中肉中背であまり特徴のない顔立ちなのだが、夜更けというのに〝黒眼鏡〟に近いサングラスをかけているので悪目立ちする。それが伊達や酔狂ではなく、右瞼のケロイドを隠すためだと知ったのは、師の尾局與が亡くなったときだった。

「急用で出てきた」

真行寺はサングラス越しに暖簾を見た。

「看板なら遠慮する」

「そう仰らずに、どうぞ、どうぞ」

恵は「柄にもなく」というひと言を呑み込んで、いそいそと店に招じ入れると、看板の電源を切り、入り口の札を「営業中」から「準備中」に裏返してから店に戻った。

「何になさいます？　といっても残り物だけですけど」

おしぼりを出してから瓶ビールの栓を抜き、グラスに注いだ。真行寺がめぐみ食堂に来たときはたいていビールの小瓶を呑むので、もはやあうんの呼吸だ。

「小腹が空いてるなら、とってておきのがありますよ。トー飯っていうの。今日、お客さまに教えてもらったんです」

恵は棚からグラスをもう一つ出し、勝手にビールを注いだ。

「じゃ、乾杯。いただきます」

一気に半分呑み干すと、真行寺は皮肉な笑みを浮かべた。

「何か良いことがあったみたいだな」

「分かります？」

恵はおでん鍋に残った大根とコンニャクを皿に取り、真行寺の前に置いた。味の染みたおでんの大根とコンニャクは真行寺の大好物なのだ。

「珍しく、土曜日なのにわりと盛況だったんですよ。おまけにご新規の上客ゲット。来週の土曜に貸し切り予約を入れてくれたんです。このご時世に、ラッキーでしょ」

「営業努力の賜物だな」

またしても皮肉に口元を歪めたが、恵は気にならない。皮肉で嫌みな話し方は真行寺には防弾チョッキのようなもので、その下には人情味溢れるハートがある。

「真行寺さん、ＫＩＴＥっていう会社、ご存じですか？　ＩＴ企業だと思うけど」

真行寺はわずかに眉を寄せた。

「ゲームアプリの制作会社だな。今は情報サービスも提供している。まだ創業十五、六年だと思うが、確か東証二部上場だ」

「社長をご存じ？　藤原さんていう方」

「パーティーで顔を合わせたことがある」

「超のつくイケメンでしょう?」

真行寺は「なんで知ってるんだ?」と言いたげな顔をした。

「その藤原社長が、今日、店にいらしたんです。しかも宴会と蟹面五個のご予約あり!」

「なんでこんな店に?」

真行寺はズケズケ言って首を傾げた。

「夕方、急に土砂降りになったでしょ。雨宿りに飛び込んだってわけ」

「まさに〝恵みの雨〟になったわけだ」

「そう、そう」

恵相手に軽口を叩いているうちに、真行寺はいくらか気分が楽になったように見えた。最初店の前で見たときは、周囲の空気がピンと張り詰めているように感じられた。

何か気掛かりなことがあるのだろう。それでなければ、外出のついでとはいえ、こんな時間に店に立ち寄ったりしないはずだ。

気掛かりの内容は恵にも想像がつく。昨今の東京はテレワークの普及で、都心の一等地にあるオフィスから撤退する会社が続出している。おまけに「接待を伴う飲食店」から客が離れ始めた影響で、銀座の高級クラブでも廃業が相次いでいる。オフィスや店舗の賃貸を生業とする丸真トラストの経営者としては、さぞかし頭の痛いことだろう。

他人に弱音を吐くような真行寺ではないが、仕事と関係のない恵と会って脳天気な遣り取りをすることで、多少は慰められるのかも知れない。そう思うと、なるべくその気持ちに応えたい。この世で恩人と呼べる存在は、もう真行寺しかいないのだから。

「クリスマスだけど」

真行寺が箸を止めて顔を上げた。

「大輝くんと子供達、二十五日に東京ドームシティのローラースケートアリーナに連れて行くことにしたわ。子供から大人まで楽しめて、安心なんですって。初心者も楽しめるって書いてあったから、私も挑戦してみるわ」

「そうか。子供が喜びそうだな」

真行寺は縁あって、江川大輝という男の子の後見をしている。亡くなった母親はシングルマザーで頼れる親戚もないので、愛正園という児童養護施設に保護された。実は真行寺自身が愛正園の出身で、当時は尾局與が資金援助をしていた。與亡き後は、真行寺が代わって援助を続けている。

後見人の義務として、真行寺は月一回大輝と面会しているのだが、子供が大の苦手でどう接していいか分からないため、恵に同席を頼んでかろうじて義務を果たしている有様だった。

時には仕事にかこつけて恵一人に役目を押しつけることもあるが、恵は快く引き受けることにしている。大輝は可愛(かわい)いし、今年一緒に苺狩(いちごが)りに連れて行った愛正園の子供達にも情が移っていた。あの子達を喜ばせる企画には、協力を惜しまないつもりだった。

「せっかくだから、真行寺さんも一緒に滑(すべ)りましょう」

「冗談じゃない。昔のアイドルグループじゃあるまいし」

「私、占い師になったばかりの頃、そのメンバーの一人を占ったことがあるのよ」

「いつの話だ？」

「三十年くらい前。平成になったばっかりの頃」

真行寺はわざとらしく溜息を吐(つ)いた。

「昔だな。俺が丸真トラストを立ち上げて間もない頃だ」

「年を取るのも無理ないわねえ」

「お前に言われたくない」と混ぜっ返すかと思ったら、真行寺は黙っていた。老いを感じる瞬間が、年と共に増えているのかも知れない。

「トー飯如何ですか？　胃に優しいから夜食にピッタリですよ」

「もらおう。段々腹が減ってきた」

「はい、ただいま」

小ぶりの丼に茶飯をよそいながら、恵はふと、真行寺は心痛で夕食が喉を通らなかったのではないかと思った。めぐみ食堂に来て食欲が回復したのなら、とても嬉しい。

「……地味に美味い」

トー飯をかき込む真行寺を見て、恵は安堵の笑みを浮かべた。


「こんばんは」

「いらっしゃいませ！」

翌週の土曜日の午後六時、藤原海斗は四人の女性を伴ってめぐみ食堂に現れた。

いずれ菖蒲か杜若……!?

恵は胸の中で古くさい表現を叫んだ。四人とも平均以上の容姿で、しかも魅力に富んでいた。

女性達は海斗を真ん中に、左右に二人ずつ並んで腰を下ろした。

恵はおしぼりを配りながら、飲み物を尋ねた。海斗が生ビールを注文すると、女性達もそれに倣った。

「ええと、お通しは大皿から二種類選ぶんだっけ?」

「いいえ。本日は貸し切りですので、お好きな物をお好きなだけ召し上がって下さい。お勧めもおでんも、食べ放題です」

海斗は爽やかな笑顔を見せて、女性達の顔を覗き込むようにした。

「ほらね。僕の言った通り、良い店でしょう」

女性達は口々に「そうですね」「本当に」と相槌を打って頷き合った。

今日の大皿料理は若い女性向けにキノコのキッシュ、タラモサラダ、バーニャカウダ（野菜のアンチョビソース添え）、小松菜と湯葉の中華炒め、カプレーゼ（トマトとモッツァレラチーズの重ねサラダ）を用意した。どの料理も彩りが美しく、味も重複しない。

海斗が一同を代表して声を上げた。

「せっかくだから前菜代わりに、全品少しずつ盛って下さい」

「かしこまりました」

本日のお勧め料理は平目(ひらめ)の昆布締め（刺身またはカルパッチョ）、自家製しめ鯖、自家製レバーパテ、牡蠣(かき)フライの四品。

しかし、本当のお勧めは貸し切り限定の蟹面だった。香箱蟹を茹で、身を殻から外し、甲羅(こうら)に味噌(みそ)・内子(うちこ)・外子(そとこ)・身を詰めておでんの出汁で煮る。蟹のすべての旨味を味わえる金沢おでんの名物だ。

めぐみ食堂でも去年までは冬に出していたが、蟹のあまりの高騰にメニューから外す決断をした。今回、海斗のリクエストで久しぶりに蟹面を作ることが出来て、恵は朝からご機嫌だ。

「僕たちは全員浄治(じょうち)大学の卒業生でね。彼女たちは後輩に当たるんだ」

浄治大学は四谷にある私立の総合大学だ。偏差値も高い。

「まあそうでしたか」

「向井十和子(むかいとわこ)さん、麻生瑠央(あそうるお)さん、弓野愛茉(ゆみのえま)さん、田代杏奈(たしろあんな)さん。一度には覚えられないと思うけど」

十和子はすらりと背の高い、凄腕(すごうで)のキャリアウーマンといった印象の女性だった。後で知ったことだが、年齢は三十八歳で、大手食品メーカーの開発責任者だという。

麻生瑠央は夢見るような瞳をした、おっとりした感じの女性だった。三十四歳という年齢にもかかわらず、少女のような面影が残っているのは、絵本作家という職業のせいかも知れない。

弓野愛茉は反対に、華やかで溌剌とした女性だった。聞けば有名な海外ブランドの社員で、二十九歳にして銀座本店のフロア主任だという。そのブランドに相応しい艶やかさだった。

田代杏奈は二十五歳になったばかりで、四人の中では一番若い。そのせいか、はち切れそうな若さと肉感的な魅力に溢れていた。病院の事務職員とのことだが、グラビアモデルでも通用するだろう。

四人の美女の背後にメラメラと燃え上がる炎を見た気がして、恵は一瞬たじろいだ。その炎の中心には海斗がいる。本人はそれに気付いていないのだろうか？

海斗は女性達の皿をさっと見渡して、暢気な声で言った。

「次は本日のお勧め料理ね。この前、後ろ髪を引かれたんだ。ええと、平目のカルパッチョと、しめ鯖と、レバーパテ。二人分くらいを各自の皿に分けて盛って欲しいんだけど」

「はい、かしこまりました」

見れば、グラスもほとんど空になっている。

「お飲み物、次は如何しましょう？」

「ええと、そうだな……。今日は何かお勧めはある？」

「実は、女性四名様と伺って、ワインを用意したんですが」

ワインと聞いて、女性達の目が輝いた。

「おでんにワインって、合うのかな」

「酒屋さんの受け売りなんですけど、イタリアのワインでおでんにも合う銘柄があるとか」

恵はカウンターにワインの瓶を三本並べた。

プロセッコ・スプマンテ・エクストラドライは白のスパークリングワイン、ルパイア・トスカーノは赤ワイン、ポルタ・モンティカーノ・ロゼ・エクストラドライはロゼのスパークリングワイン。いずれも値段は千円台で、呑みやすい味だというので買ってみた。

海斗はワインの瓶を眺めて、満足そうに頷いた。

「なかなかしゃれた選択だね。じゃあ、白・ロゼ・赤の順番で開けてもらおうかな」

女性達が歓声を上げ、小さく手を叩いた。

「ママ、彼女たち、実はみんな裏の顔があるんだよ」

「あら、まあ」

恵が女性達に顔を近づけると、四人ともはしゃいだ声を出した。

「いやだわ、先輩」

「人が悪いんだから」

「ママさん、本気にしないでね」

恵はポンッと景気の良い音をさせて、スプマンテの栓を抜いた。

「藤原さん、お料理を盛り付けてる間に、気を持たせないでホントのことを教えて下さいよ」

スプマンテの瓶と五客のフルートグラスをカウンターに置いた。お酌は四人の女性が争ってやってくれるだろう。

「実は、彼女たち全員、浄治大交響楽団の団員なんだよ」

「交響楽団って、オーケストラですか？　浄治大にオーケストラがあるなんて、知りませんでした」

実は浄治大学文学部の客員教授・新見圭介はめぐみ食堂の常連なのだが、オーケストラの話は聞いたことがない。

「プロのオーケストラじゃなくて、学部生とOBで作る、大学公認の交響楽団なんだ。人呼んでJオケ。ワセオケ（早稲田大学交響楽団）ほど有名じゃないけど、結構レベル高いんだよ。一年に四回定期コンサートを開いていて、外国の音楽祭に呼ばれたこともある」

所属する団員が二百名近くいるので、曲ごとに一部のメンバーを入れ替え、すべての団員が舞台に立てるようにローテーションを組んでいるという。

「失礼致しました。ちっとも存じませんで」

「ま、僕も在学中はJオケの存在を知らなかったから、大きな口は利けないけど」

海斗は両手を広げ、四人の美女を指し示した。

「彼女たちは楽団員でありながら、インスペクター（幹事役）という役目を引き受けて、オケの円滑な運営のための雑事を引き受けてくれてるんだ。楽団員への連絡、ソリストの人選、その他諸々。Jオケがつつがなく定期コンサートを開催出来るのは、彼女たちの尽力あってこそだ。だから、コンサートが無事に終わると、慰労会を開くんだ。彼女たちの労に報いないと、罰が当たる」

海斗の言葉に、四人は目を輝かせ、うっすらと頬を染めた。

「いいえ、ちっとも」

「Ｊオケのためなら、頑張れるわ」

「Ｊオケは私の生き甲斐」

「Ｊオケなしの生活は灰色よ」

恵には「Ｊオケ」が「海斗」と聞こえた。

五つのグラスに黄金色のワインが注がれ、美女たちとイケメンは乾杯した。

「まあ、さっぱりしてて、美味しいわ」

十和子がグラスを目の高さに上げて見直した。

「スパークリングワインって、白ワインに比べると、合わせる料理の範囲が広いんですよ。これなら平目にも良く合いそう」

愛茉が少し得意げに言った。海外ブランドに勤めているだけに、ワインにも詳しいのかも知れない。

「皆さんは、楽器は何を担当していらっしゃるんですか」

「私はフルート」

十和子が答えた。瑠央はヴィオラ、愛茉はクラリネット、杏奈は十和子と同じくフルートだった。

「すごいわ。きっと皆さん、子供の頃からレッスンに通われたんでしょうね」

愛茉がハッキリと答えた。

「他の皆さんはそうだけど、私は別。小学校にブラスバンドがあって、そこでクラリネットを担当したのがきっかけで、中学・高校・大学と続いたわけ」

すると十和子が苦笑を浮かべた。

「私だって似たようなものよ。近所にフルート教室があって、友達に誘われて通ってただけ。コンクールに出るような人たちとはレベルが違うわ」

「私も十和子さんと同じです。たまたま近所に英会話教室とフルート教室があって、親がどっちかに行けって言うんで、フルートの方が楽しそうだったから」

楽しげな会話に、恵は微笑を誘われた。見れば海斗も微笑んでいる。と、杏奈は瑠央の方を指し示した。

「そこいくと、瑠央さんは本格ですよ。お姉様はプロの演奏家で、CDも出してるんです」

「まあ、すごいですねえ」

瑠央は困ったようにわずかに肩をすくめた。

「私は姉のおまけで、ついでにレッスン受けさせられていただけ。あの頃は、嫌で嫌でたまらなかったわ。ヴィオラを弾くのが楽しくなったのは、レッスンをやめて、大学でＪオケに入ってからよ」

「つまり、みんなＪオケに入る運命だったってことだ」

海斗がグラスを掲げた。

「では、Ｊオケに乾杯！」

一同が盛り上がっている間に、恵はカウンターの空いた皿を下げ、用意の出来た順にお勧め料理を出していった。

昆布締めにした平目を薄切りにして皿に並べ、オリーブオイルとレモン汁を回しかけ、バジルの葉を飾る。余分な水分が抜けて昆布の旨味を吸い込んだ平目は、醤油より塩味で食べた方がダイレクトに味覚を刺激するだろう。オリーブオイルは旨味を増強し、レモン汁は爽やかな後味を演出する。

平目をひと口食べてスプマンテを飲むと、一同は深い溜息を吐いた。

「……美味しい」

次に、自家製しめ鯖を口に運んだ瑠央が目を見張った。

「まあ、全然酸っぱくない！」

三枚に下ろした生鯖の身を塩で締めた後、酢に漬け込む時間は二十分以下なので、酸味はごくわずかしかない。脂の乗った鯖の旨味が最大限に引き出され、山葵を添えて口に入れると蕩けそうだ。

「私のしめ鯖史上、一番美味しい！」

杏奈も後に続いた。

「ありがとうございます。もう少ししっかり締めて欲しいと仰るお客さまもいらっしゃるんですけど」

「いや、これで良いよ。作ってすぐのフレッシュな味がする」

「ママさん、お魚下ろせるなんて、すごいわね」

瑠央におっとりした口調で褒められて、恵はあわてて首を振った。

「お店の人に頼んだんです。私、魚は下ろせないんですよ。かろうじてイカは出来るんですけど」

次は自家製レバーパテにバゲットを添えて出した。バゲットはトースターで炙って温めてある。温かいパンに載せると、鶏レバー、バター、生クリームの脂分がほどよく溶けて、口当たりが一段と良くなる。

「ここがおでん屋さんだなんて、信じられない」

たっぷりパテを載せたバゲットをひと口食べて、十和子が感に堪えたように声を震わせた。

「おっと、今日の主役はおでんだからね。忘れちゃ困るよ」

海斗がおどけた口調で言うと、女性達はパッと花が開くような笑みを浮かべた。同時に、バチバチと火花が飛び散った。

……こりゃいかん。この先、どうなっちゃうんだろう？

恵はどうにも居心地が悪かった。いずれ劣らぬ美女四人が、海斗を巡って恋の鞘当てを演じていることは、もう間違いない。他人事とはいえ、こういう場所に居合わせるのは困惑するばかりだ。

「このパテ、良い香りね。バジルかしら？」

愛茉の質問に、恵は平常心を取り戻した。

「はい。それとオレガノです」

「ガーリックは入ってる？」

「今日は入れませんでした。他にもオリーブを入れたりとか、レシピは色々ありますので、順番に試してゆこうと思ってます」

海斗が空になった瓶をカウンターに戻した。

「次はロゼ下さい」

「はい。お待ち下さい」

恵はポルタ・モンティカーノの栓を抜いて海斗の前に置いた。グラスにバラ色のスパークリングワインが注がれ、何度目かの乾杯の声が上がった。次はいよいよおでんの出番だ。

「どうぞ、お好きなものを仰って下さい」

恵が声をかけると、海斗はパチンと指を弾いた。

「そうだ！　おでんも交響曲の順番で出してもらおうよ」

「はあ？」

突拍子もない発言に、恵は目を白黒させたが、四人の美女は「面白い！」「良いアイデアね」と盛り上がっている。

海斗が恵に向かって説明を始めた。

「交響曲って、四つの楽章で成り立ってるんだよ。第一楽章は軽快で生き生きした曲……ここで観客を摑まないとダメだからね。第二楽章はゆっくりした落ち着いた曲。飛ばしすぎると疲れるでしょ。第三楽章で少しテンポアップする。ゆっくりした曲を聴いてると眠くなるから、目が覚めるように。そして第四楽章は終わりを華麗に締める、速くて華やかな曲」

「何となく、分かったような、分からないような……」

「まあ、堅苦しく考えないで、ママさんのお勧めの順番で出して下さい」

「はい。では、お任せ下さい」

すっかり海斗のペースに巻き込まれ、苦笑するしかない。

「では、第一楽章でございます」

本日のメイン、蟹面の皿を出した。海斗も女性達も、思わず歓声を上げた。

「すごい！」

「初めて見るわ！」

杏奈はスマートフォンを取り出して写真を撮っている。

「つかみはOKですね」

恵が微笑むと、海斗はぐいと親指を立てて見せた。

本音を言えば、本日一番のご馳走を、あまりお腹がいっぱいにならないうちに食べてもらいたかったのだ。

「……美味しいわ」

女性達の目は感動でとろんと潤んでいる。

「蟹面だと、沈黙しなくても食べられるね」

海斗の言葉に、女性達は一斉に頷いた。

貸し切りのお客さんたちは、今のところ満足している。恵は安心して、冷たいお茶を飲んで喉を潤した。すると、肝心なことを訊いていないのに気が付いた。

「ところで、藤原さんはどの楽器を担当なさっているんですか」

「何だと思う？」

海斗は箸を動かすのを止めて顔を上げた。

「そうですねえ……チェロとか」

「外れ」

「シンバル」

「ブー」

「指揮者」

「ブッブー！」

二人の問答に、女性達はクスクスと笑っている。

「降参です。分かりません」

「ま、勿体付けるほどのことじゃないんだけど」

海斗はグラスに残ったポルタ・モンティカーノを呑み干した。見守る女性達の頬もロゼに染まっている。

「僕は音楽は全然なんだ。楽器も弾けない」

それでは交響楽団とはどういう関係なのだろう？

「海斗さんはJオケのスポンサーなんです」

恵の疑問を先取りするように、十和子が答えた。

「後援会の理事をなさっていて、財政面の援助の他にも、色々と便宜（べんぎ）を図（はか）っていただいてます」

十和子に続いて、瑠央と愛茉も言葉を添えた。

「実は今年、練習場がなくなってしまったんです。それまで使っていた建物が老朽化して、取り壊しになって」

「そうしたら先輩が、本社のフロアを無償で提供して下さったんです。お陰で定期演奏会も無事に開くことが出来ました」

「オケの練習って、場所取るんですよ。人数も多いし」

最後に杏奈が付け加えた。

「それは、ご立派なことですね」

「一昨年、同級生に誘われて、初めてJオケの公演に行ったんだ。そうしたら感動しちゃってね。特にOBの団員たちが別に仕事を持ちながらずっと活動を続けていることに、感心させられた。それで、少しでも力になれないかと思って」

そこから、海斗と四人の女性達の会話はJオケへと移り、皿の蟹面も甲羅を残してきれいになくなった。

「こちらが第二楽章です」

恵は大根とコンニャク、里芋を出した。野菜三品で、少しトーンダウンを狙う。

「なるほど。いかにも第二楽章だ」

海斗は嬉しそうに里芋を箸で刺した。

「やっぱり僕の目に狂いはなかった」

「畏れ入ります」

恵は改めて頭を下げた。

「今日は大事な集まりに当店を選んでいただいてありがとうございます。でも、お嬢さんたちはガッカリなさってません？　うちは高級とは言えない、普通のおでん屋ですから」

「とんでもない！」

十和子がきっぱりと言った。

「海斗さんの連れて行って下さるお店は、どこも本当にステキです」

瑠央、愛茉、杏奈も後に続いた。

「超高級な店からおでん屋さんまで、守備範囲が広いところがステキ」

「どのお店もとっても美味しくて感じが良いし」

「お宅もさすが、先輩のお気に入りだわ。私、おでん屋さんでこんなに色々なお料理が食べられるなんて、夢にも思わなかった」

最後に海斗がしみじみと言った。

「僕は本当に幸せだと思うよ。自分の好みを分かってくれる女性が身近に四人もいるんだから」

彼女たちは好みが同じなんじゃなくて、あなたに気に入られたいから、合わせてるだけですよ……恵は胸の中でそっと呟いた。

「第三楽章でございます」

恵の選んだおでんは、牛スジ・葱鮪・手作りつみれ。三品とも、めぐみ食堂を代表する自慢の味だ。

「これ、これ。この前食べて感動したんだ」

海斗は目を輝かせた。

「牛スジにマグロに鰯。これは絶対赤だな」

恵はルパイヤ・トスカーナの栓を開け、新しいワイングラスを五つ用意した。

海斗は豪快に牛スジの串にかぶりついた。

「美味い！　やっぱりコンビニの牛スジとは全然違う」

めぐみ食堂の牛スジはアキレス腱とスジ肉だが、コンビニで使われる牛スジはメンブレンという、ハラミの外側についた膜状の部分だ。その違いは歴然としている。

「先輩、コンビニのおでんなんか、食べるんですか？」

杏奈が無邪気に驚いた顔をした。

「当然。忙しくて外へ食べに行く暇がないときは、コンビニ弁当買ってきてもらうんだ。冬はおでんが外せないね」

「コンビニのおでんって、そこそこ美味しいですよね」

「うん。それなのに、採算の関係でおでんを扱わない店が増えてるらしい。哀しいなあ」

イケメンと美女たちの宴も、いよいよ終盤にさしかかった。

「では、最後の第四楽章でございます」

登場したのはトー飯だった。女性達にも丼で出したが、量は半分に抑えてある。

「うん、これしかない！」

海斗は満面の笑みで、女性達の顔を見回した。

「欺されたと思って食べてみなさいって。本当に美味しいから」

恵もひと言添えた。

「お豆腐ですから、胃にも優しいですよ」

海斗は勢いよく豆腐を崩して丼をかき込み、女性達もスムースに食べ進んだ。

「ああ、美味かった！」

海斗は丼を置き、食後に出された煎茶を啜った。

「ご馳走さまでした」

女性達も次々に完食した。

「この店にして良かったよ」

海斗は財布を取り出し、勘定を支払った後、「気持ちだから」と心付けまで包んでくれた。

「本日はありがとうございました。またお待ちしています」

「また来ますよ。じゃあ」

その瞬間、女性達の間に緊張が走った。また来るという海斗の言葉に反応したのだ。

恵は店の外に出て、帰って行く海斗と四人の美女を見送った。

店の中には四人の美女の思惑と情念が残留し、静かに渦を巻いていた。

恵は大きく戸を開け放って、中の空気を入れ換えた。

これからいったい、どうなることやら……。

厄介なことには関わるなという警戒心と、怖いもの見たさの好奇心が、恵の中で場所取り合戦を演じていた。

二皿目

トー飯(めし)は時の氏神(うじがみ)

世界中が仏滅と天中殺に落とし込まれたような年は終わりを告げ、新しい年が幕を開けた。

今年の一月四日は月曜日、週の始めに当たる。世の中はカレンダー通りに動き出し、めぐみ食堂も店を開けた。

「こんばんは」

「まあ、いらっしゃいませ！　明けましておめでとうございます」

新年初のお客さんは浦辺佐那子と大友まいだった。

「明けましておめでとう」

佐那子は七十代だが、年齢よりずっと若々しく、おまけに艶やかで美しい。浄治大学文学部の客員教授・新見圭介とめぐみ食堂で出会い、めでたく結ばれた。ちなみに新見は佐那子より年下だ。

まいは児童養護施設の愛正園で事務職員をしている六十代の女性で、上品で優しそうに見える。実際の人柄もその通りだ。数年前に夫と死別してから一人暮らしを続けている。

「お二人でお見えになるの、久しぶりですね」

「彼は今日、学会の集まりで出掛けてるの」

佐那子は夫の新見を「彼」と言う。新見も佐那子を「彼女」と言っている。親しき仲にも適度な距離感があって、恵は事実婚を選んだカップルに相応しいと思う。

「生ビールお願いします」

まいはスタンダードな小サイズ、佐那子は一番小さなグラスと決まっている。二人はおしぼりで手を拭きながら、カウンターの大皿料理を眺めた。

芽キャベツのソテー、小松菜と湯葉の中華炒め、ゴボウの胡麻和え、菜の花の辛子醤油、そして……。

「このお花畑みたいなものは何？　下は茹で卵だと思うけど」

佐那子が左端の皿を指さした。

「ご名答。茹で卵に生ハムをトッピングして、イタリアンパセリを飾っただけです。でも、食べると美味しいんですよ」

生ハムを刻んでオリーブオイル・パルメザンチーズ・黒胡椒と和え、半分に切った茹で卵に載せてイタリアンパセリの葉を飾っただけの、即行で出来るおつまみだ。しかし、食べると美味い。見た目が美しいのでパーティー料理にもピッタリだ。

「そう言われると、食べなきゃ損ね。いただくわ。あとは小松菜にしようかしら」

「私は芽キャベツと菜の花を下さい」

まいもお通しの注文を終え、二人は生ビールで乾杯した。

「さすがは恵さんね。おせち料理に飽きたお客の心をガッチリ摑んでるわ」

佐那子は、生ハム載せ茹で卵をひと口食べて言った。

「畏れ入ります」

営業努力を分かってもらえると、恵も嬉しい。今週は、砂糖と醬油の甘辛い味付けの料理は出さないつもりだった。

「そういえば、まいさん、新しい猫ちゃんは見つかった？」

「まだなのよ」

まいは一昨年、長年可愛がっていた猫が老衰で死んだのを契機に、住み慣れた一戸建てを売って四谷にあるマンションに住み替えた。分譲マンションなのでペットの飼育は出来るのだが、動物愛護団体の里親の基準は厳しく、ある程度の年齢を超えると、犬や猫をもらい受けるのは難しくなるという。

ペットロスになったまいは猫カフェに通うようになり、佐那子とはそこで知り合った。

「当分、猫カフェで癒やしてもらうしかなさそうだわ」

「婚活の方はどう？」

「さっぱり。一人だと婚活パーティーに参加する気もしなくて」

「そんな無気力でどうするの。これからの長い人生を考えたら、もったいないわ。同じ時間を婚活に使うのも、漫然と過ごすのも、あなた次第なのよ」

　佐那子は自分が新しい伴侶を得て幸せになったので、まいも新しいパートナーを見つけて幸せになって欲しいと思っている。「一度結婚したことのある女性は、幾つになっても、もう一度結婚出来る」というのが持論だ。

　恵は結婚だけが幸せとは思わないが、幸せな結婚が出来るなら、それに越したことはないと思っている。

　しかし、当のまいは婚活に積極的なタイプではなさそうだった。

「実は私、英会話の勉強を始めたの」

　唐突な発言に、恵と佐那子は一瞬顔を見合わせた。

「駅の側に英会話教室があるでしょ、あそこ。仕事が終わった後、週二回通ってるの」

「どうして、急に？」

　恵と佐那子は同時に訊いた。

「去年、駅で外国の人に道を尋ねられたんだけど、全然答えられなくて、焦ってしまって。仕方ないから駅員さんの所に連れて行ったら、何とか話が通じてホッとしたんだけど」

まいはそのときのことを思い出したように、胸をなで下ろした。

「道を訊かれたら答えられるくらいの英語が出来ないとダメだなって、つくづく思ったわ。私、これでも一応英文科を出てるのに、全然単語が出てこないんだもの。恥ずかしくなったわ。それで、一念発起して、もう一度、イチからやり直そうと……」

別にそんな理由で英会話教室に通わなくてもいいのにと、恵は密かに思った。外国人に英語で何か訊かれて答えられなければ、英語の分かる人を探してあげればいい。言葉が通じなくても気持ちは伝わる。おそらく件の外国人にも、まいの親切は伝わったに違いない。

「一クラス五人の少数精鋭で、私が最年長。二十代が二人もいるのよ。英語なんて四十年ぶりだから、もうついていくのが大変で……」

まいはとても楽しそうだった。婚活パーティーに参加していたときより、ずっと。

「良かったですね、新しいお仲間が出来て」

「ええ。すごく新鮮な気分。クラスではお互いファーストネームで呼び合う決まりなんだけど、考えてみれば名前で呼ばれるのって、結婚してから初めてよ。亡くなった主人は『おい』『ちょっと』『ねえ』『あのさあ』ばっかりで」

まいがクラス担当のミス・ルーシーとミスター・ハリーについて話すのに相槌を打ちながら、佐那子は壁に掛けたホワイトボードの「本日のお勧め料理」に目を走らせた。

甘エビ（刺身またはマヨネーズ和え）、牡蠣酢、ホタテのバター醤油焼き、白子とゆり根のシガール、たらこ豆腐。

佐那子の目がキラリと光った。

「恵さん、白子とゆり根のシガールって、何？」

「白子とゆり根を春巻きの皮で巻いて、揚げたものです。皮は四等分に切って細巻きにしてあるので、食べやすいですよ。山椒塩で召し上がっていただきます」

「美味しそうね。いただくわ。それと、たらこ豆腐っていうのは？」

「お出汁で豆腐とたらこを煮て、片栗粉で軽くとろみを付けたお吸い物です。雑誌で見たんですけど、塩漬けのたらこを煮るって面白いと思いまして」

「何となく、シメに良さそうな感じね」

「寒いときは特に」

二人の会話に、まいもお勧めメニューに目を向けた。

「甘エビのマヨネーズ和えって、ただのマヨネーズなの？」

「ケチャップとコンデンスミルクと白胡椒を少し混ぜてあります。これはワインがお勧めです」

まいと佐那子は意外そうな顔をした。

「あら、お宅、ワインなんて置いてあったかしら」

「去年の十二月に、おでんに合うワインがあると聞いて、仕入れてみたんです。そうしたら女性のお客さまに好評なんで、定番で置くことにしました」

恵はカウンターに三本の瓶(びん)を並べた。すべてイタリアのワインで、プロセッコ・スプマンテは白のスパークリングワイン、ポルタ・モンティカーノはロゼのスパークリングワイン、ルパイア・トスカーノは赤ワイン。どれも呑みやすく、値段も千数百円なので、めぐみ食堂でも気軽に出せる。

「グラスワインもありますので、よろしかったら」

「嬉しいわ。私、スパークリングワイン、大好きなの」

佐那子は早速プロセッコをグラスで注文した。

「私も佐那子さんと同じで」

「まずは、甘エビマヨネーズとシガールね。たらこ豆腐はシメにいただきましょうよ」

「そうね。おでんにワインなんて、おしゃれだわ」

恵はまずプロセッコを出した。次に甘エビの刺身をマヨネーズのソースで和え、器に盛ってチャービルの葉を飾った。爽やかな香りが特長の香草だ。

「あら、美味しい」

「ワインによく合うこと」

中華料理でも、エビのマヨネーズ和えにコンデンスミルクを混ぜる店は多い。甘さとコクが加わり、エビとよく合うのだ。

白子とゆり根のシガールは、ほっこりした食感のゆり根にクリーミーな白子が絡み、贅沢なクリームコロッケといった趣である。湯通しした白子とゆり根の鱗片を春巻きの皮で巻いたら、注文が入るまで冷蔵庫に入れておけばよいので、めぐみ食堂のように一人で切り回している店には、ありがたいメニューでもあった。

揚げたての熱々を口に入れたまいと佐那子は「あふふ……」と漏らし、ワインのグラスを空にした。

「恵さん、次はロゼ下さい」

「私も」

それから二人はおでん鍋を覗き込んだ。

「今年の初おでん、何からいこうかしら」

「私は、大根とコンニャク、昆布。あと、イイダコ」

「私もイイダコ。それと、大根とはんぺんと里芋」

二人がおでんをつまみにポルタのグラスを傾けていると、新しいお客さんが入ってきた。

「まあ、ようこそいらっしゃいませ」

「こんばんは」

向井十和子だった。大手食品メーカーで開発責任者を務めるキャリアウーマンで、卒業した浄治大学のオーケストラに所属し、フルートを吹いている。

昨年暮れに、IT企業の経営者・藤原海斗の誘いでめぐみ食堂にやってきた、四人の美女の一人だ。四人の中では一番年上で、おそらく三十八、九歳だろう。知性的でシャープな魅力がある。

恵の見るところ……いや、誰の目にも明らかだったが、そのときの四人の美女は全員海斗に強烈な関心があって、食事会では互いにバチバチと火花を散らしていた。海斗は四十代独身の成功した実業家で、おまけに超のつくイケメンだったから、周囲の女性がざわつくのも無理はないが。

十和子は、まいと佐那子から二つ離れた、端から二番目の椅子に腰を下ろした。

「お飲み物は何になさいますか？」

おしぼりを出して尋ねると、十和子は「そうねえ」と首を傾げ、先客のワイングラスをチラリと見た。

「グラスワインも始めました。この前召し上がったワイン三種類を用意してます」

「あら、そう。じゃあ、プロセッコをいただくわ」

「かしこまりました。お通しは、カウンターの料理から二種類をお選び下さい」

恵は簡単に大皿料理の内容を説明した。十和子は小松菜と湯葉の中華炒め、生ハム載せ茹で卵を選んだ。

「ねえ、海斗さんはこのお店にはよく見えるの？」

「いえ、この前、皆さんといらっしゃったときで二度目なんですよ」

「……そう。それにしてはずいぶんとお店に馴染んでる感じがしたわ」

「ご本人のお人柄じゃないでしょうか。気さくでいらっしゃるから」

　恵はお通し二品を十和子の前に置いた。

「海斗さんは、この店のどこが気に入ったのかしら。普段の行きつけはミシュラン二つ星以上の、超高級なお店ばかりなのに」

　ずいぶんと失礼な発言だったが、十和子に何か切羽詰(せっぱつ)まったものを感じて、恵は気にしないことにした。

「おでんがお好きなんだと思いますよ。私はトー飯を知らなかったんですが、藤原さんが教えて下さったんです。西荻窪(にしおぎくぼ)のおでん屋で食べて、美味しかったからって」

「西荻窪のおでん屋？　どこかしら」

「さあ。お店の名前は仰(おっしゃ)らなかったので。でも、そういえば……」

　十和子はひと言も聞き漏らすまいと耳を傾けた。

「初めて見えたとき、里芋がお好きだと仰ってました。子供の頃のおでんには里芋が入っていたけど、最近はジャガイモに押されてマイナーになって残念だって」

　十和子はグラスを置いて、じっと恵を見つめた。その目つきは明らかに恵を値踏みしていた。恵に海斗を惹(ひ)き付ける要素があるかどうか、見極めようとしているのだ。

強力なライバルが三人もいるのに、おでん屋の女将まで警戒しないと気が済まないなんて、疲れる性格だわね。

恵は心の中で呟いて、皮肉な笑いを押し殺した。

「恵さん、おでん、お代わり下さい」

まいが声をかけた。

「私、牛スジと葱鮪とつみれ」

「私も、同じ」

佐那子はそう言って、グラスに残ったロゼを飲み干した。

「やっぱり、ここのおでんの白眉はこの三つよね」

「そうそう。これを食べないと一年が始まらないわ」

「過分なお言葉、恐縮です」

二人は明らかに、恵が十和子に困惑しているのを感じ取っていた。それで、切り替えようとわざと大袈裟に褒めてくれたのだ。その気遣いに、恵は胸の曇りが晴れたような気がした。

「次のお酒は、何がいいかしら？」

まいのグラスも空になった。

「ルパイヤ・トスカーノは如何ですか？　牛もマグロも鰯も、赤ワインとよく合うそうですよ」

去年海斗が店でそう言っていた。

「それじゃ、そのトスカーノにしましょうか」

佐那子が言うと、まいも大きく頷いた。

「プロセッコ、お代わり」

十和子が空のグラスを上げた。

「今日は蟹面はないの？」

「すみません。蟹面は普段はやってないんですよ」

恵は軽く頭を下げた。

「あの日は藤原さんが貸し切りで前もってオーダーして下さったので、特別にお出し出来たんですが」

「あら、そうだったの。がっかりだわ」

十和子は眉間にシワを寄せて考え込む顔になった。お通しはすでに食べ終わっている。

「おでん、何か見繕いましょうか？」

「里芋」

その険しい表情に、「他に何か」と尋ねる気力が失せた。

十和子は親の仇でも討つような顔で里芋をつつき、二杯目のプロセッコを呑み干した。

「ご馳走さま。お勘定して」

グラスを置いて顔を上げた。美味しい物と美味しいお酒でまったりした表情ではなく、闘いに臨む顔つきだ。

十和子が店を出て行くと、恵はホッと溜息を漏らした。見れば、まいも佐那子も呆れた顔でガラス戸を振り返っている。

「感じ悪い。いったい何なの、あの人？」

「全身敵愾心の塊って感じ。ハリネズミみたい」

恵は肩をすくめた。一緒になってお客さんの悪口を言うわけにはいかない。

「色々とお悩みがあるんでしょう」

「きっと男性問題よ」

佐那子がきっぱりと断言した。

「あれは、男のことで焦ってる女の顔だわ」

「佐那子さん、よく分かるわねえ」

「年齢的にも当てはまるもの。四十を目の前にした女って、結婚を焦る傾向があるのよ。若い頃は仕事に夢中で結婚なんか眼中にないけど、三十半ばで〝ガラスの天井〟が見えてくると、にわかに不安になるのね。それで変な男に引っかかったり。ね、恵さん」

「そうですねえ」

恵は笑ってごまかしたが、内心、佐那子の勘の鋭さに舌を巻いていた。勘だけでなく、豊富な人生経験も手伝っているのだろうが。

カウンターを片付けようとしたとき、戸が開いてお客さんが二人、入ってきた。

「こんばんは。明けましておめでとう」

「まあ、優菜さん、いらっしゃい！」

浅見優菜と遙人の夫婦だった。二人は去年の秋に結婚したばかりで、結婚してから来店するのは初めてだった。

優菜は紫の江戸小紋に黒地の織帯、遙人は紺の結城のアンサンブルに黒っぽい灰色の袴を着けていた。身体に沿った着こなしは着慣れた人特有のもので、惚れ惚れするほど似合っている。

「お二人とも、ステキですねえ」

「今日は仕事始めで早仕舞(はやじま)いしたから、二人で初詣(はつもうで)に行ってきたの」

優菜は遙人のマフラーを受け取り、自分のコートと一緒に壁に掛けた。

「これがホントの『新婚さん、いらっしゃい』ね」

優菜と遙人はチラリと視線を合わせて微笑(ほほえ)んだ。新婚生活は順調らしい。

「たった三ヶ月来なかっただけなのに、懐かしい気がするわ」

優菜はゆっくりと店の中を見回した。

「世の中、色々ありましたからねえ」

「ええ。だからお店もママさんも変わりないのが、妙に嬉しいわ」

旧姓柴田(しばた)優菜は英会話学校の事務職員だったのだが、趣味で始めた着物リフォームをネット通販に載せたところ好評で、自社ブランドを立ち上げるまでになった。

そんなとき、呉服の売上げ衰退に頭を悩ませていた呉服店の若主人・浅見遙人は、優菜の活躍を知って、「和の生地を使った衣服や小物を制作して売り出そう」と提案した。協力して事業を進めるうちに二人には愛が芽生え、結婚に至ったのだった。

「ご結婚のお祝いに、ワンドリンク、サービスさせて下さい。実はうち、ワインを置くようになったんですよ」

「へえ、それはすごい」

「どんなの？」

　恵はプロセッコとポルタをカウンターに出した。

「お祝いにはやっぱりスパークリングで。どっちになさる？」

「ロゼにしようか？　何となくおめでたさが増す感じで」

　遙人が訊くと、優菜は二つ返事で「そうね」と答えた。

「あら、大皿料理も一段とおしゃれにグレードアップしたんじゃない？」

「ありがとうございます。でも、これ以上褒めてもサービスドリンクは一杯だけですよ」

　優菜と遙人は嬉しそうに、「乾杯」とグラスを合わせた。そしてポルタを一口呑むと、グラスを置いて大皿料理に目を向けた。

　ただお通しを選ぶだけなのに、二人はとても楽しそうで、幸せがこぼれ落ちてくるかのようだ。この幸せは新婚のひと時なればこそだろう。それを身に沁みて知っているので、恵もまいも佐那子も、微笑ましい思いで二人を眺めた。

「僕はゴボウの胡麻和えと生ハム載せ茹で卵下さい」

「私、芽キャベツと菜の花」

恵は手早く料理を皿に取り分け、二人の前に出した。

「ねえ、ママさん、これからもカボチャの煮物や卵焼き、出すの？」

ゴボウを箸でつまみ上げ、遙人が訊いた。

「はい、うちの定番ですから」

「ああ、良かった。どっちも好きなんだ」

「夏はトマトおでんよね？」

「もちろん。あれもうちの定番ですから」

恵は小鍋に出汁とおでんの豆腐を入れ、火にかけた。まいと佐那子はおでんを食べ終わろうとしている。シメのたらこ豆腐を出すタイミングだ。

「お熱いですから、お気をつけて」

出汁の旨味とたらこの塩気で十分美味しいが、おでんの出汁を吸い込んだ豆腐には水っぽさがないので、更に味が良くなる。そして生のたらこは季節を選ぶが、塩漬けのたらこは一年中売っているので、使い勝手も抜群だ。

「美味しいわ……」

「良い香りね」

「今日は生姜の搾り汁を入れてみました。粉山椒も合うと思います」

「春になったら、山椒の葉っぱも良いわね。爽やかな香りで」

「良いですね。実は裏メニューで、トー飯っていうのがあるんですよ」

「ああ、さっき話していたわね」

話しながらも恵は手を休めない。優菜の注文した白子とゆり根のシガールを揚げ、優菜夫婦に出した。店を始めたときはまったくの素人だったが、あれから十二年、女将修業は無駄ではなかった。

「どうも、ご馳走さまでした」

まいと佐那子は同時に箸を置いた。熱いたらこ豆腐を完食して、額がうっすらと汗で光っている。

「美味しかったわ」

「また来ますね」

二人が出て行くと、恵はカウンターを片付け、次はホタテのバター醬油焼きに取りかかる。

優菜と遙人は、二杯目の酒に、醸し人九平次の雄町を選んだ。バターやクリームを使った料理にもピッタリの酒だ。

「さっきのお客さんが食べてた、たらこ豆腐、美味しそうだったわね」

「僕たちもシメに頼もう」

揚げたてのシガールをひと口齧り、優菜も遙人も目を丸くした。

「ああ、もう、溶けそう……」

シガールは絶対に受けると思ったが、予想以上に好評だ。これも冬の定番にしようと、恵は心の中で思った。

「そういえば、お二人とも一月はお忙しいでしょう。成人式があるし」

恵が何気なく口にすると、二人は一瞬顔を曇らせた。

「それがね、そうでもないのよ。振り袖商戦は春から始まって、秋で終わりだから。それに今はレンタルが主流だし、今年は盛大な式を控える自治体も増えちゃって」

「まあ、そうなんですか」

遙人と知り合ったばかりの頃、優菜が「呉服業界って大変なのよ。最盛期は売上げが一兆八千億円もあったのに、今は二千三百億円くらいなんですって。もう、瀕死よね」と話していたのを思い出した。

呉服店の跡継ぎの遙人が、和の生地を使って新しいビジネスに取り組んでいる優菜に惹かれたのは、ある意味、自然の成り行きだったのかも知れない。

「チョコレートの売上げをヴァレンタイン・デーが支えているのと同じで、呉服業界も成人式に頼ってきたんですよ。しかし法律が改正されて十八歳で成人となると、どうなることやら。まだ高校生ですからね。まあ成人式は二十歳で、というところも多そうだけど……」

遙人は小さく溜息を吐いて、後を続けた。

「それに、去年は花火大会や夏祭りが軒並み中止になったでしょう。浴衣の売上げが激減で、デパートも悲鳴を上げていました」

「本当に、災難でしたねえ」

遙人の気持ちはよく分かる。恵だって当事者なのだ。

去年の騒動で最初に直撃を受けたのは旅行・観光業とイベント関連、飲食業だったが、被害は更に大きく広がった。

生花店はイベントの中止で花が売れず、アパレルメーカーはテレワークの普及でスーツが売れず、化粧品会社はマスクの影響で口紅が売れなくなった。恵の行きつけの美容院は、卒業式の中止で、袴の着付け予約がすべてキャンセルになったと言っていた。

おそらく恵が知らないだけで、世間の注目が行き届かない分野にも、様々な悪影響が及んでいるのだろう。

「うちは優菜のお陰で浴衣地のシャツやチュニックが売れましたが、やはり前年比マイナスでした」

「一番売れたのがマスクっていうのが、ご時世とはいえ哀しいけどね」

去年の業績は芳しくなかったようだが、それを語る優菜と遙人の表情は決して暗くはない。二人には将来に向けての目算があり、今のところ外れていないのだろう。

「秋冬も着物地のチュニックの売上げが伸びたの。やっぱりテレワークの影響ね」

優菜は遙人のグラスに醸し人九平次を注いだ。

「和素材の服が、家庭着として定着してくれるといいんだけど」

二人はホタテのバター醤油焼きに箸を伸ばした。食べやすいように切り分けてあるので、箸が進む。

「次はやっぱりおでん、いかなくちゃ」

「私、大根、コンニャク、昆布、イイダコ」

「僕は牛スジと葱鮪、つみれお願いします」

「はい、ありがとうございます」

恵がおでんを皿に盛っていると、入り口が開いて女性客が入ってきた。

「こんばんは」

恵は「いらっしゃいませ」の挨拶(あいさつ)を途中で呑み込んだ。

「ど、どうぞ。お好きなお席へ」

現れた女性客は麻生瑠央(あそうるお)。またしても、藤原海斗を巡る四人の美女の一人だ。

職業は絵本作家。年齢は三十半ばのようだが、どこか夢見る少女の面影(おもかげ)の残る、おっとりとした雰囲気が漂う。子供の頃からヴィオラを習っていて、浄治大のオーケストラでもヴィオラを弾(ひ)いている。

「こんなに早くまた来て下さって、ありがとうございます」

「いいえ」

瑠央は穏(おだ)やかに微笑んだ。

「海斗さんのお気に入りの店に、興味があったの」

「お気に入りというほどでは……藤原さんはまだ二度しかお越しになっていませんし」

「あら、気に入った証拠よ。気に入らない店には二度と行かないはずだし」

「それは、畏れ入ります」

恵が簡単に説明をすると、瑠央はお通しに芽キャベツと生ハム載せ茹で卵、酒はポルタのグラスを選んだ。

ゆったりと時間が流れ、シメのたらこ豆腐を食べ終わった優菜と遙人は席を立った。

「ご馳走さまでした」

「ありがとうございました。またお待ちしています」

恵は表に出て二人を見送った。カウンターに戻ると、瑠央は二人の座っていた席を目で示した。

「着物でデートって、ステキね」

「そうですね。もっと着物のカップルが増えるといいんですけど」

恵が物心ついた頃から着物離れは始まっていて、最近はお年寄りでも着物姿を見かけなくなった。恵だっておでん屋の女将にならなければ、日常的に着物を着ることはなかった。このままでは着物はいずれ、歌舞伎（かぶき）と映画と博物館で見る衣装になってしまうだろう。

瑠央は醸し人九平次を頼み、おでんを三品注文した。

「お宅のおでん、美味しいわね」

「ありがとうございます」

「どうやって作るの？」

「ごくごく普通です。昆布と鰹節で出汁を取って、お酒と塩と醤油とみりんを入れて……。うちはそれ以外に鶏ガラで取ったスープを混ぜているんですが、それもお客さまに教えていただいたんで、うちだけのレシピでもないと思いますけど」

あとは材料をおでんの汁で煮るだけだが、その前に大根は下煮して辛味と臭みを抜き、コンニャクもアク抜きしておく。

「まあ、やっぱりプロはひと手間もふた手間も掛けてるのね」

瑠央は感心したように、大きな目をパチパチと瞬いた。大根とコンニャクの下処理は手間というほどのものではなく、一般常識なのだが、褒められて悪い気はしない。

「ここの牛スジと葱鮪とつみれは、他の店では食べたことのない味だったわ。これはどうやって考えたの？」

「実はよそのお店で食べたんです」

銀座の片隅(かたすみ)にある、昔ながらのおでん屋だった。あんまり美味しかったので、自分もこういうタネを出せるようになりたいと思い、そこから必死に勉強した。

「えらいわねえ」

「とんでもない。何も知らない素人でしたから、プロから見れば周回遅れのスタートでした」

「そんなことないわよ。海斗さんのお眼鏡(めがね)にかなうくらいのお料理を出せるんだもの」

瑠央は上目遣いに、じっと恵を見た。それまでとは別人のような、鋭くしたたかな目つきだった。

「ねえ、ママさんは昔、占い師だったでしょう？」

恵は二十代初めから四十歳まで〝白魔術占い　レディ・ムーンライト〟として大人気を博した占い師だった。今でも当時のことを覚えているお客さんもいる。しかし、瑠央の目には何やら邪(よこしま)な光がほの見えた。

「はい。よくご存じですね。もう十年以上前になります」

「うちの母が〝レディ・ムーンライト〟のファンだったのよ。私も『しあわせの白魔術』を読んだことがあるわ」

それは恵の名前でライターが書いた、最初の本だった。

「今となってはお恥ずかしい限りです」

瑠央はわずかに身を乗り出し、恵に顔を近づけた。

「ねえ、教えて。海斗さんは私たちの中で誰を選ぶの？」

恵は一瞬、呆れて言葉を失った。

「あんなによく当たる占い師だったんですもの、分かるはずよ。海斗さんは誰が好きなの？」

「あのう……」

恵は言葉を探して言い淀(よど)んだ。瑠央は乙女(おとめ)チックな外見とは裏腹に、非常に思い込みの激しい性格のようだ。どう説明したら、その思い込みを解消してくれるだろう？

「私にはもう、占いの力はありません。それで廃業したんです。だから、私には分かりません」

「そうかしら」

瑠央は唇(くちびる)の端を吊(つ)り上げた。

「私には、まだ力が残っているように見えるけど」

その瞬間、恵はハッと気が付いた。瑠央にも何か力がある。予知能力・千里眼(せんりがん)・霊能力と呼び方はいくつもあるが、要は目に見えないものを見る力だ。瑠央の力はとても弱く、近い範囲がぼんやりと見えるだけだが、恵に力があることは分かるらしい。

三年余り前、恵は急に、長らく見えなかったものがぼんやり見えるようになった。

やがて、それは失った力が復活したのではなく、新しい力を付与されたのだと分かった。かつてのような、遠く深く見通せる強靭(きょうじん)な力ではなく、ごくささやかな力を。

そして、その力を使って人と人との縁を結ぶ手伝いが出来た。

それ以来、恵は占い師としてではなく、おでん屋の女将として人助けをしようと決意した。結果として婚活に協力することになり、今まで何組かのカップルが誕生した。

しかし、幸せのある岸に向かって橋を架(か)けても、うまく渡れるか否(いな)かはご縁次第だ。ご縁がないものは致し方ない。

恵は改めて瑠央を見た。

瑠央は恵のことは少しは分かるが、自分のことや海斗のことは分からない。瑠央に限らず、恵も含めて力を付与された者は、自分の周囲のことは分からない。情が邪魔をして真実が見えないのだ。

「まあ、いいわ」

恵がはかばかしい反応を示さないので、瑠央は諦めて身体の力を抜いた。

「ねえ、今日、十和子さんが店に来たでしょう」

「ご存じなんですか？」

さすがに驚いた声を出すと、瑠央は意味ありげに微笑んだ。

「あの人、そういう人ですもの。いち早く徹底的にリサーチして、綿密に作戦を練って行動する。会社ではそれで成功したんで、プライベートでも活用するだろうって思ってた」

瑠央は、きれいにカールした髪をかき上げた。

「ところが、海斗さんには打つ手がみんな空振りに終わるから、だいぶ焦ってるのよ」

意地の悪い喜びで、瑠央の目が輝いた。

「十和子さんみたいなタイプって、男が一番引いちゃうのに、自分じゃそれが分からないのよね。見てると可哀想になるわ」

　そんなことはない。心の裡で呟いたのは、恵が十和子と似たタイプの左近由利を思い浮かべたからだ。

　美人で仕事の出来るキャリアウーマンで、結婚なんか眼中になしというタイプだったが、四十一歳でインド人の優秀なシステムエンジニアと結婚した。今は一人娘にも恵まれ、幸せに暮らしている。おまけに夫のラマンはハリウッドスター並みのイケメンだ。人と人との結びつきはご縁だと、つくづく思う。

　もっとも由利自身は結婚に無関心だったから、その点は十和子と大きく違っている。

「私、海斗さんのことはよく知ってるの」

　瑠央は再び夢見るような、うっとりした目つきになった。

「私の姉が海斗さんと高校の同級生だったのよ。うちにも何度か遊びに来たことがあるわ。姉の数いるボーイフレンドの中でも、海斗さんは別格だった。姉もずいぶん熱を上げてたんだけど……結局、見事にフラれちゃったの。あのときの姉は見ものだったわ」

　そう言うと、楽しそうに思い出し笑いを漏らした。そこから伝わってくるのは、姉に対する敵意だった。負の感情は本人だけでなく、周囲の人間にも悪影響を及ぼす。恵は話題を変えようとした。

「藤原さんが高校生の頃って仰ると、かなり前ですね」

「もう四半世紀になるわ。姉と私は八歳違いだから」

その言葉で海斗が四十二、三歳であると分かった。

「ずいぶんお変わりになったんでしょうね」

「全然。今と同じ。原型の良い人って、十代から六十くらいまで顔が変わらないもの。ひと目見てすぐ分かったわ」

話が海斗のことになると瑠央の感情から敵意は消え、情熱と執着が色濃くなった。

「Ｊオケの定期コンサートの後、海斗さんに再会したときは夢かと思ったわ。まさか浄治のＯＢだったなんて、ちっとも知らなかった。彼も私のことを覚えていてくれたのよ。『麻生莉央（りお）の妹です』って言ったら、『ああ、ヴィオラを習っていた莉央さんの妹さん』って、すぐに思い出してくれて」

瑠央は胸の前で両手を組み、宙（そら）を見上げた。

「私、そのとき運命を感じたのよ。私たちは出会うべくして出会った、二十五年の時間を経て、結ばれるために再会したんだって」

いや、別に運命じゃないから……と言いそうになって、恵はあわてて言葉を呑み込んだ。

瑠央は組んでいた手を解いてカウンターに戻し、きっと前を見据えた。

「だから、私は他の三人とは絆の深さが違うのよ。四人の中で海斗さんと一番先に出会っているのは私。高校生時代の海斗さんを知っているのも私。あの頃から今に至る海斗さんの人生に、深く思いを致して理解してあげられるのは、私だけなの」

「そりゃ違うだろ」というツッコミの代わりに、恵は小さく溜息を吐いた。瑠央はそう信じ込んでいるのだった。酒に酔ったのか自分の言葉に酔ったのか、目が潤んでいる。

どう考えても、一番先に出会った相手が一番相応しいという理屈は成り立たない。それが正しいなら、世の中は保育園の同級生カップルで溢れているだろう。

「あのう、藤原さん自身は、結婚について何かお話しされてるんですか？」

瑠央は潤んだ瞳で何度も頷いた。

「今までは仕事に夢中で結婚を考える暇がなかったけど、これからは前向きに考えないとって、そう仰ったわ」

「四人の後輩の中からお嫁さんを選ぶと仰ったんですか？」

「それは、まだ」

いくらか残念そうな口ぶりだった。

「それじゃ、誰とも結婚する気がないかも知れませんよ」

瑠央は少しも落胆(らくたん)しなかった。

「だって、定期演奏会が終わると、私たちを招待してご馳走して下さるのが、もう一年近く続いてるのよ。まるで気がないのに、そんなことしないでしょう」

「……言われてみれば」

「あれは、私たちのことを見極めているんだと思うわ。誰が一番、自分に相応しいか」

「それはちょっと、趣味悪くないですか」

「どうしてよ」

「だって……普通やりませんよ、そんなこと。チェックするなら一人ずつ、一対一で会ってやりますよ。ライバル関係にある女性を、一堂に集めて競わせるみたいな真似(まね)、普通の神経じゃ出来ないと思うんですけど」

瑠央が何か言おうと口を開きかけたとき、入り口の戸が開いて女性が二人入ってきた。

「いらっしゃい……ませ」

弓野愛茉と田代杏奈だった。どちらも〝海斗を巡る四人の美女〟のメンバーだ。新年の開店初日に、因縁の四人組が全員めぐみ食堂を訪れたことになる。偶然とはいえ、その剣呑な巡り合わせに、恵はたじろぎそうになった。

「あら、お二人揃ってどうしたの？」

瑠央が表看板のおっとりした口調で尋ねた。

「偶然、表で会っちゃって」

「この前、すごく良い店だったから、もう一度来てみようと思ったんです」

「お二人とも、ずいぶん遅くまでお仕事だったのね」

壁の柱時計はすでに十時を回っていた。

「新年早々、仕入れでトラブルが発生して、今まで残業よ」

「私は仕事が終わってから、映画の試写会に行ったので」

瑠央が恵に目配せした。「本当は四人の誰かと顔を合わせたくなくて、わざとこんな遅い時間に来店したのよ」と言いたげだった。

おそらくはその通りだろう。だとしたら、店の前で鉢合わせした愛茉と杏奈は、作戦が裏目に出たことになる。事実、二人ともいくらか落胆している様子だ。

「小生」

「レモンハイ」

愛茉と杏奈は適当に料理を注文し、乾杯が終わると、瑠央も交えて雑談を始めた。三人は年齢も職業も違うが、同じオーケストラの団員で、幹事役を務めているので、それなりに話題はあるはずだった。

恵は料理と酒の減り具合に気を配りながら、聞くともなく聞いていると、テレビのＣＭにも起用された女性ヴァイオリニストの名前が耳に入った。次の定期コンサートの客演が決まっていたのだが、乗っていたタクシーが事故に遭い、キャンセルになってしまったらしい。

「今からじゃ同じクラスのソリストは頼めないわね」

「ヴァイオリンじゃなくてもいいんじゃありませんか？」

「ピアニストだって歌手だって、知名度のある人はもう先約が決まってるわ。今から急にオファー出しても無理よ」

愛茉が訳知り顔で肩をすくめた。

「困ったわねえ」

瑠央が眉をひそめると、杏奈がポンと手を打った。

「瑠央さんのお姉様にお願いしたらどうでしょう」

「そうよね！　灯台もと暗しだったわ」

愛茉も弾んだ声で応じたが、瑠央は渋い顔で首を振った。

「姉はヴァイオリンじゃないから」

「問題ないですよ。ヴィオラのための楽曲は色々あります」

「そうよ。むしろヴィオラの方が新鮮だわ。ヴァイオリン協奏曲はよくやるもの」

「妹の所属するオーケストラにゲスト出演するって、お姉様も喜んで下さると思うんですけど」

杏奈は重ねて言うが、瑠央は顔を曇らせ、唇を引き結んでいる。姉は鬼門らしい。

愛茉が怪訝な顔で首を傾げた。

「瑠央さんだって在学中からJオケのメンバーなのに、どうして今まで姉妹協演がなかったのかしら。考えると不思議」

「姉妹だとやりにくいとか、あるんですか？」

「単にスケジュールが合わなかったからでしょ。一応、向こうはプロだし」

瑠央は努めてさらりと受け流したが、内心苛立っているのが恵には伝わってきた。

「そういえば瑠央さんのお姉様って、高校で海斗先輩の同級生だったんですよね。Jオケにゲスト出演していただいたら、先輩も喜ぶんじゃないでしょうか」

杏奈は同意を求めるように愛茉を見た。

「そうよね。それなら先輩も大賛成よ」

愛茉も乗り気になって、杏奈と乾杯した。

「是非、お姉様に頼んでみて下さい」

愛茉と杏奈の提案は至極まっとうで、強いて断れば〝分からず屋〟〝意固地〟というレッテルを貼られてしまう。

瑠央は重苦しい表情で押し黙った。その顔を見れば、姉と協演するのを嫌がっていることは明らかだった。にもかかわらず、愛茉と杏奈がしつこく姉を呼びたがるのは、瑠央を困らせたいからだ。

おそらく「海斗先輩は姉の同級生で、昔から知っている」という自慢話を何度も聞かされ、腹に据えかねていたのだろう。それとも、瑠央と姉の間に生じる化学反応を見物して、そこから少しでも自分たちに有利な事実を引き出し、海斗の争奪戦から瑠央を蹴落とす腹づもりだろうか。

愛茉は華やかに、杏奈は無邪気に笑っている。一矢報いる機会が訪れたことが嬉しいのだ。

瑠央もライバル二人の底意地の悪い意図に気付いているが、反撃の方法が見つからない。苛立ちだけを募らせている。

三人の女の思惑が身体からじんわりとにじみ出し、絡み合い、剣呑に渦巻き始めた。

「あら、変ね。何の臭いかしら」

恵はあわてて厨房の窓を開け、団扇でバタバタと扇いで中の空気を外へ追い払った。三人は呆気に取られて恵を眺めた。くるくる回りながら大袈裟に団扇を動かす姿は、いかにも滑稽だった。

「何してるの？」

「別に変な臭いなんかしないわよ」

「お騒がせしました」

恵は団扇を置き、窓を閉めた。

剣呑な空気はすっかり追い出され、毒気を抜かれた三人の女は白けた顔で座っている。

「もう二年半前になるかしら。うちは隣のビルの失火で類焼して、丸焼けになってしまったんです。だから火の元には神経質すぎるくらい気を遣ってるんですよ」

壁の柱時計はすでに十一時を指している。今夜はこれで看板だ。

そのとき、遠慮がちに入り口の戸が開いた。

「すみません、今日はもう……」

恵の言葉が終わらないうちに、三人の女性客が歓声を上げた。

「先輩！」

海斗は戸口から中を覗き込み、驚いたようだ。

「何だ、君たち、来てたのか」

店の中にするりと身体を入れ、片手で拝(おが)む真似をした。

「ママさん、小腹が空(す)いてね。ト一飯一杯くれないかな。食べ終わったらすぐ帰るから」

そして笑顔で付け加えた。

「彼女たちの勘定は、僕に回して下さい」

ライバル三人組は一斉(いっせい)に「え〜っ」と叫び、続いて「そんな」「悪いわ」「いつもご馳走になってるのに」と甘い声で固辞してみせた。ポーズにすぎないことは、声の甘さが物語っている。

「ありがとうございます。少々お待ち下さい」

恵はカウンターから小走りに店を出て、立て看板の電源を抜き、「営業中」の札を裏返して「準備中」にした。

恵がカウンターに戻ると、海斗はライバル三人組の顔を見回した。

「君たちも一緒にどう？　量は少なくしてもらうよ」

すると三人は間髪を容れずに即答した。

「はい、是非」

「ご相伴させて下さい」

「この前食べてから、すっかりファンになりました」

三人の声と表情は楽しげで、いかにも和気藹々に見える。ほんの一、二分前まで立ちこめていた剣呑な雰囲気が嘘のようだ。

「まさか新年早々、三人揃って裏を返してくれるとは思わなかった。僕の好きな店をみんなが気に入ってくれて、とても嬉しいよ」

海斗は三人の顔を順番に見て言った。

「これで十和子さんがいれば、メンバー全員集合だったのに」

恵はトー飯の準備をしながら言葉を添えた。

「実は、早い時間に来て下さったんですよ」

「へえ、そうなんだ」

「他の皆さんがいらっしゃる前にお帰りになりました」

注文はお通しと里芋だけで、滞在時間は十五分強だったが。

「この前、連れてきたメンバーは、全員この店を気に入ってくれたわけだ。紹介者としては鼻が高いよ」

「海斗先輩は鼻よりお目がお高いわ」

愛茉が言うと、瑠央と杏奈は頷き合って拍手した。

「先輩、三月の定期コンサートのことなんですけど」

杏奈が無邪気な顔で口を開いた。

「瑠央さんのお姉様の、麻生莉央さんをゲストで呼んだらどうかと思うんですが」

「今さっき、杏奈さんと話していて思い付いたんです」

愛茉と杏奈は、意味ありげな視線を交わして瑠央を見た。

「瑠央さんはあまり乗り気じゃないみたいなんですけど」

海斗は怪訝そうな顔をした。

「何か、不都合でも？」

瑠央はあわてて首を振った。

「いいえ、全然。ただ姉はヴィオラ奏者なので、ヴァイオリン協奏曲と比べると地味で、華やかさに欠けます。せっかくの春の定期コンサートだし、もう少し人選を考えた方が……」

海斗は額に手を当てて、何かを思い出す顔になった。

「もう一人のゲストは誰だったっけ？」

「はい。松永颯太（まつながそうた）さんです。曲はチャイコフスキーのピアノ協奏曲第一番です」

「大作だよね。聴き応（ごた）えも十分だし」

海斗は瑠央の顔を覗き込んだ。

「もう一つの曲目は、あまり大作でなくて小品の方が良いんじゃないかな。ヴィオラ協奏曲ならピッタリだと思うけど」

海斗にじっと見つめられ、瑠央は夢を見ているような、うっとりした表情になった。

「……はい。私もそう思います」

愛茉と杏奈は素早く目を見交わしたが、すぐに何もなかったようにニッコリと微笑んだ。

「ああ、良かった」

「これで春の公演は成功間違いなしね」

言葉の陰に「ざまあ見ろ」という気持ちが見え隠れした。

「海斗先輩は、麻生莉央さんとは高校の同級生なんですよね」

唐突に愛茉が質問した。

「そうだよ。一年と二年のとき、同じクラスだった」

「お親しかったんですか？」

「それほどでもない。彼女は当時から学園のスターで、ものすごい人気だった。いつも取り巻きの男子生徒に囲まれていて、とても近づける存在じゃなかったよ」

海斗の顔に、ほんの少し影が差した。

「それに、僕は親父(おやじ)の仕事の関係で二年の一学期に転校して、それっきりクラス会にも出ていない。かつての同級生とは、もう四半世紀もご無沙汰(ぶさた)だよ」

「おまちどおさまでした」

恵は、トー飯一人前とハーフサイズ三人前をカウンターに置いた。

「ああ、これが食べたかったんだ」

海斗は丼(どんぶり)を手に、トー飯をサラサラとかき込んだ。

「トー飯には、何か思い出があるんですか」

気持ちの良い食べっぷりに、恵は訊いてみたくなった。

「いや、特には。どうして？」

「〝空腹は最高のソース〟って言いますけど、思い出も負けないくらいのソースだって、この頃思うんですよ。思い出に残っている料理って、特別美味しく感じませんか？」

子供の頃、特別な日に母親が作ってくれた料理には、多くの人が深い思い入れを持つ。特に豪華でもない平凡な料理でも、大切な思い出と結びつくと、どんな高級な料理よりも心に響く。味覚とは、感覚だけでなく、感情にも左右される。

「言われてみるとそんな気がする」

海斗は箸を置いて、一瞬目を伏せた。

「ただ、トー飯は去年たまたま食べたんで、思い出とは関係ないな。強いて言えば、僕がおでん好きってところかな」

目を上げたときは、いつもの明るく屈託(くったく)のない表情を取り戻していた。

美女三人もそれぞれ丼を空にした。

「ご馳走さま。また来るよ」

海斗は四人分の勘定を支払い、女性三人と共に店を出て行った。

恵は戸口に出て四人を見送ってから、暖簾をしまった。カウンターを片付けようとして、ふと手を止めた。

ほんの一瞬、暗い影の差した海斗の横顔が瞼に残っている。

美女四人がそれぞれ見かけ通りではないように、海斗もまた表面からは窺い知れない裏の顔があるのだろうか。

一人の男を巡る四人の女の争い……これまで経験したことのない事態を目撃している。しかも、どうやらその渦中に一歩足を踏み入れてしまったらしい。

逃げ出したい気もするが、そのまま覗き見たい気もする。どっちにも決められず、恵は天を仰いで「困ったなあ」と呟いた。

三皿目

邪魔なたこ焼き

「どこがレゴランドなの？」

大輝の問いに、恵は通路の先に見える巨大な建物を指さした。

「あのビルの中よ」

「デカ……」

恵は左右に立つ四人の子供達の顔を見回した。

「広いから、みんな、迷子にならないようにね！」

「は〜い！」

子供達は期待に目を輝かせ、弾んだ声で返事をした。

今日は二月の最初の日曜日、ここは新交通臨海線ゆりかもめのお台場海浜公園駅。目指すはデックス東京ビーチ内にある「レゴランド・ディスカバリー・センター東京」、略してレゴランド東京だ。

レゴランド東京は屋内型テーマパークで、三百万個を超えるレゴブロックがある。レゴで作ったジオラマや、レゴブロックの製造工程を見学できるレゴファクトリー、４Ｄシネマ、各種プレイゾーンが備わって、大人も子供も一日中楽しめる場所になっている。

恵は江川大輝と仲良しの友達である新、澪、凜を伴っていた。四人の子供達はいずれも児童養護施設愛正園(あいせいえん)の園児で、今年の春、小学校に入学する予定だ。

四人とも愛正園に保護されるまでにはそれぞれ事情があったはずだが、園長をはじめとする職員たちの手厚い保護を受けて、みんな明るく素直に育っていた。

そもそもは恵の恩人で店の家主でもある真行寺巧(しんぎょうじたくみ)が、思いがけぬ事件が縁で大輝の後見(こうけん)をするようになったのが始まりだった。

保護責任者の義務として、ひと月に一回、大輝と面会する決心をしたものの、独身で子供が大の苦手ときているから、どういう風に接したらよいのか分からない。それで恵に応援を頼むようになり、去年の秋からはすっかり任せきりになっていた。

その件について恵が敢(あ)えてとがめ立てをしないのは、去年からの流行病(はやりやまい)の影響で、真行寺の生業(なりわい)である不動産賃貸業も、深刻な影響を受けているのを察したからだ。仕事のことで頭がいっぱいのときに、幼い子供に会うのはよくないと、真行寺は考えているのだろう。一緒にいても上(うわ)の空(そら)だったり、不機嫌さが顔に出たりするかも知れない。それが子供心を傷つけるのではないか、と心配しているのだ。口には出さないが、恵には真行寺の気持ちが分かった。

デックス東京ビーチは、アイランドモールとシーサイドモールの二つに分かれている。レゴランド東京はアイランドモールの六階と七階を占めているのだが、恵はまず子供達を連れて、シーサイドモールのレストラン街へ向かった。

途中すれ違う人たちは家族連れも多かったが、少なからぬペット（犬）連れに、子供達は興味津々だった。

普通にリードを付けて散歩させている人より、バギーに乗せて押している人の方が多い。赤ちゃんかと思ってチラリと覗くと、ダックスフントやプードル、あるいは名前も分からぬ外国犬の珍種だったりする。

「ワンちゃん、可愛い！」

「毛並み、きれい！」

日頃ペットと接する機会のない子供達は、すれ違いざまに歓声を上げた。飼い主さんは誰もが我が子を褒められたように、嬉しそうに笑顔を見せた。

わいわいと賑やかにはしゃぎながら、子供達はやっとレストラン街に着いた。

「まずはここでお昼ご飯よ。レゴランドの中はレストランがないからね」

「は〜い」

時刻は十二時少し前だが、レストラン街はすでに人が多く、行列の出来ている店もあった。

「メグちゃん、私、ピザ食べたい！」

どこにしようか迷っていると、凜がピザを看板にしたイタリアンの店を指さした。

「僕も、ピザ！」

「私、スパゲッティ」

新と澪も賛成した。大輝は「みんなで食べるご飯」は何でも好きなので、否やはない。

「じゃ、ちょっと待ってて」

店に入って店員に声をかけ、「子供四人と大人一人なんですけど」と言うと、すぐにテラスに面した席に案内してくれた。

店は明るくて広々としており、ガラスで仕切られたテラスの向こうに海が見え、眺めも良かった。

「レインボーブリッジが見える！」

子供達が席から立ち上がり、テラスの先を指さした。レインボーブリッジの右には東京タワーも見える。初めてゆりかもめに乗って通ったレインボーブリッジを改めて見た子供達は、至極満足そうだった。

家族連れも多いためか、店内には子供用の椅子や皿、食器も用意されていて、サービスも良かった。

出てきたピザは生地が薄くパリッと焼けて美味しかった。本場イタリアで修業した有名なピザ職人の店とは、後で知ったことだ。

しかし、子供達の心は早くもレゴランドに飛んでいて、あっという間に食べ終えた。

足立区にある愛正園からお台場まで来る道すがら、子供達はすでに興奮状態だった。北千住駅でＪＲ常盤線に乗り新橋駅へ。そして新橋駅からゆりかもめに乗るのだが、湾岸の高架を走る車窓からの眺めは、子供達には新鮮な驚きだった。

「夜はもっときれいよ。まるで『ブレードランナー』の世界……近未来都市を走ってるみたいだから」

すると子供達は想像力をかき立てられ、ますます期待に目を輝かせるのだった。

今回、レゴランドを選んだのは正解だったわ……恵は胸の中で呟いた。

レゴランドそのものもテーマパークとしてグレードが高いらしいが、時間が余ったら同じデックス東京ビーチ内の「東京トリックアート迷宮館」や「マダム・タッソー東京」で遊ぶことも出来る。何より、初めてのレゴランドは、きっと良い体験になるだろう。

「では、いよいよレゴランドに出発！」

会計を済ませると、恵は拳を振り上げた。

「レッツゴー！」

子供達も揃って拳を突き上げた。

一行はアイランドモールに移動し、三階のレゴランド東京で入場手続きを済ませた。入り口を入ってエレベーターで七階に上がり、扉が開くと、レゴブロックの「工場長」がお出迎えしてくれた。

最初のエリアは「レゴファクトリー」で、レゴブロックが作られる工程が見学出来るようになっていた。

実際の製造工程は壁のテレビで放映しているが、それとは別に大きな模型を使った再現コーナーがある。箱に入った大量の青いツブツブ（ＡＢＳ）がレゴの素で、これを溶かして型取りし、色を付け、圧縮してレゴブロックが完成する。作業の途中で機械を動かしたり、ゲームにトライしたり出来るので、子供達を飽きさせない。

そこを通り抜けると、次は「ミニランド」が広がる。

「すご〜い！」

一歩足を踏み入れると、息を呑むような光景が広がっていた。

ミニランドは、東京の観光名所やランドマークをレゴブロックで再現したジオラマで、その完成度は極めて高く、レゴブロックで作ったとは信じられないほどだった。

お台場・湾岸エリアと銀座・渋谷エリアは、地域一帯が忠実に再現され、その他に東京タワー、国会議事堂、東京スカイツリー、浅草寺、両国国技館など、東京の観光名所が一堂に会した感がある。

感心して見とれていると、照明が暗くなり、昼間の明るい景色から夜の景色へと変わっていった。

夜は一面ライトアップされて、幻想的でロマンチックなムードが漂う。奥のスクリーンには花火の映像が映し出され、空には飛行船が飛ぶ。現実の東京の夜はこれほど美しくはない……。

そして、ミニフィグ（レゴブロックの人形）の細かな表現にも目を見張った。場所ごとに異なるミニフィグがいて、浅草寺の仲見世通りを歩く観光客も、両国国技館をびっしり埋める観客も、髪型も服装も一人一人違い、芸者さんがいたり、カメラを持っていたり、隣の人と話していたりと、動きも表情もすべて違っている。

所々でミニフィグはコントローラで動かせる仕掛けになっていて、国技館では力士同士を対戦させて遊ぶことも出来た。

子供達は景色よりゲームが好きだ。

「第一回戦、大輝くん対私！　二回戦、新くん対凜ちゃんね！」

早速、澪が仕切って、男女の対戦が始まった。

恵は子供達が対戦する様子を眺めて、操作の上手いことに感心した。考えてみれば、生まれる前からテレビゲームがあって、息をするように自然にゲームに親しんでいる世代なのだ。

「はい、では次へ行きます」

勝者同士の対戦が終わったところで声をかけた。

次は「4Dシネマ」というコーナーで、立体映像を見る眼鏡をかけて、レゴブロックのショートムービーを楽しむ劇場だった。

3D映像に合わせて風が吹いたり、水しぶきが飛んだり、雪が降ったりという特殊な仕掛けがしてあるので、「4D」シネマという。

十二分間の上映で二つのストーリーが楽しめた。3D映像は迫力満点の上、音響と皮膚感覚に訴える特殊効果で臨場感がすごい。自分に向かってブロックが飛んでくると、思わず頭を下げてよけてしまったほどだ。

周囲では子供達がキャアキャアと歓声を上げている。すっかり4Dの世界にはまっているようだ。

しかし、レゴファクトリーとミニランドは料理で言えば前菜で、メインディッシュに当たるエリアはこれからだった。

まずは「レゴシティ　プレイゾーン」。

巨大なアスレチックで、登り台や滑り台などの遊具が備わっている。中では四、五歳から小学校低学年くらいまでの子供達が、大はしゃぎで動き回っていた。それを見た大輝たちも遊ぶ気満々で、武者震いしている。

「みんな、遊んでらっしゃい。怪我しないようにね」

声をかけると、子供達は一斉にプレイゾーンに駆けていった。説明文に「中は迷路のようになっています」と書いてあったので、冒険気分も味わえるのだろう。

目の前のカフェテリアでは、子供がプレイゾーンで遊んでいる間、親たちがひと休みしている。恵もコーヒーを飲みながら休憩した。子供達が小さいせいか、周囲のパパとママも若い世代が多かった。多分、恵が一番年上だろう。

プレイゾーンの先に広がるのは三つのスペースで、それぞれ女の子、男の子、親子で楽しめる設定になっていた。

女の子向けの「レゴフレンズ」は、ケーキや花など可愛いブロックが沢山あり、化粧台やカラオケステージも用意されている。男の子向けの「レゴレーサービルド&テスト」は、レゴブロックでオリジナルの車を作り、テストドライブやレースも出来る。

そして親子向けには、「マスタービルダーワークショップ」。レゴランドのスタッフと一緒にレゴ作品を作るワークショップで、作れるものはワークショップ前の掲示板に表示される。

大輝くんたちが戻ってきたら、ワークショップに行こう……そんなことを思い、コーヒーを啜りながらプレイゾーンを眺めた。

それにしても、子供って本当にスタミナあるわ。

感心すると同時に、自分の体力の衰えが情けなかった。恵はすでに疲れ始めているのに、子供達は元気いっぱいだ。夜までまだまだ遊べるだろう。

「メグちゃん、ただいま！」

大輝たちがプレイゾーンから駆けてきて、目の前に並んだ。

弾けるような笑顔を前にして、恵は気合いを入れ直した。

「ワークショップよ。レゴの先生に教えてもらいながら、一緒にレゴで作品を作りましょう！」

「次はどこ？」

ワークショップそのものは十分程度で終了する。

その後に控えているのが各種アトラクションだった。「マーリン・アプレンティス」は、ペダルを漕いでレゴライドを上下させる「空を飛ぶ」アトラクション。「キングダムクエスト」は戦車型のレゴライドに乗り、スクリーンに映る敵をレーザー・ガンで撃って得点を競うアトラクションで、大人も子供も夢中になれる。施設内のアトラクションで一番人気だという。

最後に向かった「レゴニンジャゴー シティアドベンチャー」は、張り巡らされたレーザーに当たらないように前進し、ゴールまでのタイムを競うアトラクション。恵は、映画『ミッション：インポッシブル』のシーンを連想したが、完全に疲れ切っていたので、子供達だけが挑戦した。

アトラクションの体験が終わると、時刻は六時半を過ぎようとしていた。レゴランドだけで、「お出かけ」の時間を楽しく過ごせたことになる。

「じゃあみんな、お夕飯を食べて帰ろうか？」

「は〜い！」

昼ご飯を食べてから六時間、たっぷり遊んだので、お腹はペコペコのはずだ。

「みんな、何が食べたい？」

尋ねられて、子供達は一瞬、困ったように顔を見合わせた。あまり外食経験がないので、せっかくの「お出かけ」で何をリクエストすればいいか、分からないのだ。

「たこ焼きはどうかな？」

恵は子供達の顔を見回した。

「隣のビルに〝お台場たこ焼きミュージアム〟っていう所があってね。大阪の有名なたこ焼き屋さんが店を出してて、どのお店のたこ焼きも注文出来るのよ」

「行きたい！」

大輝が声を上げた。他の三人も目を輝かせている。

「よし、行こう！」

お台場たこ焼きミュージアムは、隣のシーサイドモールの四階にある。恵は子供達を連れてレゴランドを後にした。

「あれ、めぐみ食堂のママさん？」

シーサイドモールに入ってエスカレーターに向かおうとしたところで、不意に横合いから声をかけられた。

「あら……」

振り向くと、藤原海斗が立っていた。しかも、その横にいるのは向井十和子ではないか。美男美女なので人混みの中でも目立っている。

「どうも、いつもありがとうございます」

恵はおでん屋の女将の顔になって挨拶した。

海斗は去年の暮れ、ふとした偶然でめぐみ食堂に来店し、それ以来、週に一度は顔を出してくれるお得意さんだ。

優良ＩＴ企業の経営者で、四十三歳独身、おまけに目の覚めるようなイケメンだった。正直、どうしてめぐみ食堂のような、しがないおでん屋を贔屓にしてくれるのか、恵自身にも分からない。

十和子は海斗の卒業した浄治大学の後輩で、大手食品メーカーで新商品の開発責任者を務めるキャリアウーマンで、大学のオーケストラでフルートを吹いている。同時に、幹事役としてオケの世話役も務めているという。三十八歳独身、知的でシャープな美女だ。

海斗と十和子は、浄治大学オーケストラの後援者と幹事役という関係で知り合った。そして、海斗の周囲には虎視眈々と妻の座を狙う美女が他にも三人いて、十和子は彼女たちと競い合っているのだった。

「珍しい所で会うね。しかもお子さん連れで……こんばんは」

海斗は四人の子供達の前にしゃがみ、笑顔になった。子供達も照れながら、ぎこちなく挨拶を返した。

「ママさんのお子さん……じゃないよね？」

「知り合いの子と、そのお友達です。今日は前からの約束で、レゴランドに行ってきたんです」

「子供はみんな、レゴブロックが好きだよね？」

海斗が同意を求めるように首を傾げると、子供達は揃って頷いた。海斗は立ち上がって、十和子を見遣り、恵に言った。

「今夜は僕が十和子さんをお誘いしたんだ。ほら、この前のお詫びに」

「いやだわ、お詫びだなんて」

十和子は幾分恥じらいながらも、嬉しそうに言った。店で見たときより化粧が濃く、彫りの深い顔立ちを効果的に引き立てている。コートも下に覗くスーツも趣味が良く、おまけに高そうだ。きっと名のあるブランドに違いない。

「先月、瑠央さんたち三人にはご馳走したのに、彼女とはひと足違いで行き違ってしまった。それじゃ不公平だからね。四人とも我がJオケの幹事さんなのに」

一月四日の仕事始めの日、海斗を巡ってライバル関係の美女四人が次々とめぐみ食堂を訪れ、閉店間際に顔を出した海斗と遭遇した。しかし、十和子だけは早い時間にやってきてすぐ帰ってしまったため、行き違いになったのである。

ともあれ、海斗がどういうつもりであろうと、十和子からすれば今夜はデートだった。海斗はのんびりと恵や子供達に話しかけているが、傍らに立つ十和子は明らかにイライラしていた。

「それじゃ、そろそろ失礼します。また是非、お店の方にも寄って下さい」

デートの邪魔をしているのは百も承知なので、恵はさっさとその場を離れたかった。しかし、海斗は屈託のない口調で子供達に尋ねた。

「お夕飯、もう食べちゃったの？」

「私たち、お台場たこ焼きミュージアムに行くの！」

凛が弾んだ声で言った。

「たこ焼きミュージアム？　そんなとこがあるの？」

新が大きく頷いて胸を張った。

「たこ焼き屋さんがいっぱい集まってるんだって」

「いろんな店のたこ焼きが食べられるのよ」

間髪を容れずに澪も答える。

「それは面白そうだね」

「おじさんたちも一緒に行かない？」

澪の言葉に、恵はあわてて「ご迷惑でしょ」と叱ろうとしたが、それより早く海斗が言った。

「いいね、是非行ってみたい」

恵は咄嗟に十和子の顔を見た。笑顔が凍り付き、頬が引き攣っている。ほんの一瞬、殺意に近い感情が浮かんで、消えるのが見えた。

「そんな、ご迷惑ですよ。こっちはパワフルですから。せっかくお二人で静かにお食事されるところだったのに」

「迷惑だなんて、全然。僕は子供が好きなんですよ」

恵は何とか十和子の怒りを回避しようと言葉を尽くしたが、海斗にはまるで通じないようだ。

「ロマンチックな夜景をたっぷり見た後で、子供達のパワーをもらいながら賑やかにご飯を食べるのも悪くない。ねえ、十和子さん」

海斗は確認するように十和子を見た。

「そうね。考えてみれば、たこ焼きなんてずいぶん食べてないわ」

内心は腸が煮えくり返っているだろうに、十和子は笑顔で答えた。

「じゃ、決まりだ。行こう」

海斗はさっと両手を伸ばし、澪と凜の手を取った。六歳児とはいえ、女の子はイケメンが好きだ。二人とも、満面の笑みで海斗の手にぶら下がっている。

恵は恐る恐る十和子を振り返った。能面のように表情がない。感情を表に出すと憤怒の形相になってしまうので、無理して表情を消しているらしい。

ああ、ごめんなさい。こんなつもりじゃなかったのに……。

恵は心の中で詫びを唱え、前をゆく海斗の背中に目を転じた。

この人は感情オンチなんだろうか？　それともわざとやっているのかしら？

恵は人の悪意に敏感だ。生まれつき非常に勘が鋭かったのが、占い師としての修練を積む中で更に研ぎ澄まされた。今は、現役時代のような能力は失ってしまったものの、おでん屋の女将としての経験と新しく与えられた力によって、人の心の微妙な陰影を見ることが出来る。

しかし、海斗の心は明るく澄んでいて、影が見えない。だから悪意はないのだろう。とはいえ、自分を巡って熾烈な争いを演じている四人の美女に囲まれて、少しも心に波が立たないとは、どういう精神の持ち主なのかと、理解に苦しんだ。

シーサイドモール四階には、たこ焼きミュージアムの他に、「台場一丁目商店街」という昭和レトロなテーマパークがある。恵くらいの年代なら郷愁を感じる場所だ。

お台場たこ焼きミュージアムは五店のたこ焼き店が出店するフードコートで、ファミリー向けからカップル向け、スタンドなど、タイプ別の席が設置され、好みの店で購入したたこ焼きを席で飲食することが出来る。

恵たちはファミリー向けのベンチシートに席を取った。子供用の椅子もちゃんと用意されている。

「まず全部の店のたこ焼きを買ってくるから、味見して、美味しかったらまた買いに行こうね」

海斗は気軽に言って席を立った。十和子も後に続く。恵は子供達を連れて飲み物を買いに行った。

十和子の後ろ姿を目の端でとらえ、恵は胸が痛んだ。心を奪われた男にこれほどないがしろにされて、あのプライドの高い女性は、いったい何を思うのだろう。

十和子は海斗の後を追い、通路を歩いていた。その広い背中を見ると、胸の底から沸々と泡のように湧いてくる感情がある。泡は弾けては消え、また現れてくる。

私はいったい、どこで間違えたのだろう?

海斗と出会ってから、何度も自分に問うた。去年、一昨年、それとも三年前、いや、もしかしたら今の会社に入ったことが間違いだったのかも知れない。

キハラ食品は業界最大手の冷凍食品メーカーだった。入社後、十和子は新設されたばかりの医療食品部門に配属になり、それ以来、介護食の開発と改良に携わってきた。

介護食とは、糖尿病・高血圧症・腎臓病など持病を抱える人向けの制限食や、高齢で噛む力が弱くなった人向けのやわらか食のことだ。

メニューの開発、食材の選択、味付けの工夫、見た目の改良。そして生産ラインへの落とし込みと価格設定。仕事は山積みで果てがないように思われたが、商品化されれば目に見える結果となって現れた。やり甲斐(がい)のある仕事で、働き甲斐のある職場だった。

それが、いつの間にか、歯車が少しずつ狂い始めた。十和子の提案にチームのメンバーからの賛同が少なくなり、時には反対意見が出た。三年前には強引に企画を通した商品が不評で、三ヶ月後には製造終了になった。

あれがケチの付き始めだった……。

十和子は焦(あせ)っていた。焦りが失敗を生み、失敗が更に焦りを増幅(ぞうふく)させる。立ち止まって少し頭を冷やせばよかったのに、いよいよスピードを上げて突っ走った。チームのメンバーの反対を押し切って、いくつかの新商品を提案して商品化に持っていった。その結果、次々不評で製造終了の憂(う)き目を見た。

そしてついに今年の初め、異動を通告された。マーケティング調査部。商品開発の現場とは何の関係もない、資料を整理して書類をととのえるだけの仕事。ハッキリ言えば、左遷(させん)された人間の姥捨(うばす)て山のようにしか思えない部署だ。

どうして会社からこんな不当な処遇をされるのか、分からなかった。確かに続けて失敗をした。だが、それ以前はいくつもの新商品を開発してヒットに結びつけてきた。キハラ食品の医療食品部門を軌道に乗せた功労者の一人と言ってよい。それなのに……。

もっと許せないのは、五期後輩の男性社員が商品開発部の開発責任者に収まったことだ。五歳も若い後輩が十和子を押しのけて後釜に座った。これほどの屈辱があるだろうか。

海斗と初めて会ったときは胸がときめいた。こんなステキな人が恋人だったら良いのにと思った。それは好意と憧れがない交ぜになったぼんやりした感情で、海斗を前にした女はみな似たようなことを思うだろう。決して十和子が特別だったわけではない。

「十和子さんとは、対等にビジネスの話が出来るね」

海斗がそう言ったのは、ホームパーティーに招いてくれたときだった。

住まいは都心の低層マンションの最上階ペントハウスで、五十帖ほどの広さのリビングの窓は広く、夜景が一望出来た。ホテルのケータリングサービスが出張し、個人宅とは思えない贅沢さだった。招待客は十数人で、Jオケ幹事役の他の三人、瑠央と愛茉と杏奈もその中にいた。

それでも、海斗と二人きりで会話する機会は何度かあった。

「僕の仕事にも女性の視点が必要です」

「これからの事業展開についても、率直な意見を聞かせて欲しいな」

「十和子さんなら、新しい情報配信サービスについて、何か思うところがあるでしょう」

あのとき、海斗が口にした言葉の一つ一つを、今でもよく覚えている。家に帰ってからも思い出しては頭の中で反芻し、夢想した。

自分なら、海斗のパートナーとして完璧ではないだろうか？　妻として、事業経営のサポート役として、自分ほど相応しい女がいるだろうか？

ふと心に芽生えたのは、今にして思えば野心だったかも知れない。想像の上をいく豪華なマンションと溜息の出るほど優雅で洗練された暮らし。それをたっぷり見せつけられて、手に入れたいと願わない人間がいるだろうか。

その夜以来、海斗は漠然とした好意を感じる相手ではなく、パートナーとして射落とすべき標的に変わった。

海斗だって十和子の気持ちの変化は分かっていたはずだ。それからも避けることもなく同じペースで会い続けたのは、十和子を嫌いではないからだ。いや、好意を持っているはずだ。

そうでなくては、あのときと同じ眼差しで見つめ、同じ笑顔を向け続けることなど出来るはずがない。海斗の態度には、一点の後ろめたさも疚しさもないのだから。

しかし、今や海斗は標的ですらない。商品開発部からマーケティング調査部に左遷された現在、海斗は地獄の底に垂れてきた、天国へ繋がる一本の蜘蛛の糸になった。

この糸を握る以外、もはや浮かぶ瀬はない。海斗だけが、たった一つの希望なのだ。だから、何としても海斗を手に入れなくてはいけない。

それなのに……いったいこれはどういうことなのだろう？

夕暮れのお台場に誘ってくれたときは、いささか俗っぽいけれど、それなりのムードを期待出来ると思っていた。初めて二人っきりでデートするのだ。気合いの入れ方が違う。

事実、夕闇の迫る風景を眺めながらカクテルを舐めている間、首尾は上々だった。それが、「海の見えるレストラン」へ移動しようとシーサイドモールに足を踏み入れた途端、とんだ疫病神に出くわしてしまった。

おでん屋の女将と男女のチビ四人。

なんでこうなるの？　海斗が子供が好きだなんて聞いてない。たこ焼きが好きとも聞いてない。初めてのデートだというのに、嫌みとしか思えない。

もしかして、私と二人きりになりたくないから、わざと部外者に声をかけたの？　胸の中は沸騰する湯のように泡が立ち、立ち上る蒸気が竜巻のように渦を巻いている。荒れ狂うその音が聞こえそうなほどだ。


海斗と十和子がたこ焼きを買い求めてテーブルに戻ると、恵は飲み物を並べて待っていた。

「おかえり！」

澪と凛は待ちかねたように海斗に飛びつき、さっさと両隣に座ってしまった。恵の隣の席は大輝と新が腰掛けた。十和子は仕方なく一番端に座った。海斗との間には凛がいる。

十和子が、自分と子供達を「つまんでポイと放り出してやりたい」と思っている気持ちが、恵には痛いほど分かった。

「あら、すごいですね！」

恵はテーブルを埋めた何種類ものたこ焼きを前に、ことさらに明るい声を上げた。

「たこ焼きに、こんなにバリエーションがあるとは思わなかったわ」

「でしょう」

海斗は自慢するように言って、子供達に微笑みかけた。

「どうぞ召し上がれ。熱いから、火傷しないように気をつけてね」

子供達はそれぞれ好みのたこ焼きをフォークで突き刺し、紙の皿に取ってフウフウ吹きながら口に運んだ。

「……美味しい」

思わず皿のたこ焼きを見直した。

「天王寺アベノタコヤキやまちゃん」のたこ焼きは、生地の旨さに驚愕した。特に出汁につけて食べる〝明石焼き〟は、生地の旨味がより鮮明に舌に伝わってきた。

後で知ったことだが、たこ焼きミュージアムに出店している店はどこも、小麦粉を溶くのは水ではなく、じっくり煮込んだスープや牛乳を使っているのだった。

「芋蛸」という店は生地に角切りの山芋が入っていて、嚙むとサクッとした歯触りである。こんな食感のたこ焼きは生まれて初めてだ。

「たこ焼十八番」の生地は牛乳と小エビの粉末入りで、桜色をしていた。食べるとクリーミーな上エビの風味が豊かで、大量の天かすと甘く溶け合っている。

「たこ焼き　発祥の店　大阪玉出　会津屋」は出汁の利いた醤油味の生地で、ソースなしで食べられる。外はシュー皮のようにクリスピーだが、中はトロリとしている。そしてたこ焼きの元になったという〝牛スジ入り元祖ラジオ焼き〟は、牛スジ・コンニャク・刻みネギが具材で、たこ焼きというより球体のお好み焼きの感じがした。

「たこ家　道頓堀くくる」では、たこ焼きの最後の仕上げに白ワインをかけてフランベする。まさに大阪とフランスの「デキちゃった婚」ではあるまいか。

どの店も出汁・粉・具材・ソースにひと工夫もふた工夫もしていて、「たこ焼き」という言ではくくれない味を作り出していた。

ハーフ&ハーフの他、三種類、四種類を少量ずつひと皿にまとめたセットもある。一人で来てもたこ焼きを何種類も楽しめるように、売り方もよく考えられているのだ。

恵は東京育ちで、それほどたこ焼きに親しんでいない。子供の頃は縁日や学校の帰りに買って食べたが、大人になってからは町で見かけてもあまり食べる機会がなかった。だからこんなにも進化したたこ焼きに出合うと、ひたすら感心してしまう。

「すごいですね。たこ焼きもバカに出来ないわ」

「〝やまちゃん〟と〝会津屋〟は『ミシュランガイド大阪2016』に掲載されたそうです」

「たこ焼きがミシュランに載るんですか？」

「おにぎりだって載るんですから、たこ焼きだって載りますよ」

恵はよほど間抜けな顔をしたに違いない。海斗がこちらを見て笑いを嚙み殺している。

「そういえば、ミシュランの一つ星を取ったおでん屋もありますよ。ビブグルマンには何軒も選ばれてます」

「お恥ずかしい限りです」

恵が恐縮すると、海斗は破顔した。

「お宅は今のままでいて下さい。正直、ミシュランで星を取るようなおでん屋は行きたくないです、肩凝っちゃって」

「ああ、良かった」

恵は思い切り首を伸ばして肩の力を抜いた。

「でも、ちょっと職業意識に目覚めました。たこ焼き屋さんがこんなに頑張ってるんだから、おでん屋も負けてらんないです」

と、大輝が肘をつついてきた。

「メグちゃん、お代わりしようよ」

見れば、子供達はたこ焼きをあらかた完食している。

「そうだね。次、買いに行こう」

海斗はやや前屈みになって、確かめるように子供達の顔を見回した。

「何が美味しかった？　リクエストの多い順で……」

「全部！」

子供達が一斉に答えた。

「よし。じゃあ、行こう」

海斗が立ち上がると、子供達も椅子から滑り降りた。海斗を中心に、一行はたこ焼きブースへ歩いて行く。

見れば十和子は椅子に座ったままだ。顔には表情がなく、たこ焼きにもほとんど手を付けていない。

恵は改めて十和子が気の毒になった。決して意図したわけではないが、妙な成り行きでデートの邪魔をしてしまった。

「ごめんなさいね。お邪魔するつもりじゃなかったんですよ」

口に出してから、しまったと思った。今の十和子には、恵の言葉が皮肉に聞こえるかも知れない。そうしたら傷口に塩をすり込まれるようなものだ。

案の定、十和子は露骨に口をへの字にひん曲げた。海斗の前では決して見せない顔だ。

「それが分かってるなら、さっさと子供を連れて消えてよ」

「私もそうしたかったんですけど、何だか藤原さんに押し切られたみたいで……」

ブースの方を見ると、海斗は店の前で、子供達と楽しそうにしゃべりながらたこ焼きを注文している。

「藤原さん、子供がお好きみたいですね」

恵は十和子に目を戻した。

「ここは十和子さんも、楽しんでいるフリをなさった方が利口ですよ」

「余計なお世話よ」

「不機嫌な顔をしても、藤原さんに嫌われるだけですよ」

十和子が目を剝いだ。人目がなかったら、胸ぐらを摑んで詰め寄られたかも知れない。

「自分の好きなことを嫌いな人や、不機嫌な人とは、誰だって一緒にいたくないでしょう？　そんなこと、十和子さん自身だって十分承知しているはずなのに」

「私と海斗さんは、とても楽しい時間を過ごしていたわ。あなたたちさえ邪魔しなければ、今頃、もっと良いムードに盛り上がっていたはずよ」

「とても無理ね」

　恵はひょいと肩をすくめ、先を続けた。

「あなたと二人でいるより子供達といる方が楽しいから、わざわざ私たちと合流したんじゃないの。そのくらい分からないの？」

　十和子はポカンと口を開けていた。あまりのショックで、二の句が継げないのだ。

「ここで不機嫌な顔を続けたり、怒って席を立ったりしたら、もう二度と、藤原さんと二人きりで会うチャンスは巡ってきませんよ」

　恵は正面から十和子の顔を見据(みす)えた。

「あなたは知らないでしょうけど、私は十年ちょっと前までマスコミで売れっ子の占い師だったの。その私の予言だから、信じた方が得ですよ」

十和子はまるで金縛りに遭ったように、身を堅くして微動だにしない。恵はその気になると、目力が出るのだ。

「あなたが不機嫌な顔をしていると子供達の楽しい気分も削がれます。それを見た藤原さんはきっとあなたを、優しさもデリカシーもない嫌な女だと思うでしょう。それでいいんですか？」

十和子は黙っているが、すでに戦意は喪失していた。恵に頭から冷水をぶっかけられるような言葉を浴びせられ、煮えたぎっていた心が幾分冷却したようだ。

「芝居で良いんです。楽しいフリをしなさい。そうすれば次のチャンスがやって来ます」

次のチャンス云々は口から出任せだった。せっかくの「お出かけ」で盛り上がっている子供達に、最後まで楽しい時間を過ごして欲しかっただけだ。

「それはいつの話？」

十和子が尋ねた。目にはすがるような光があった。

「まだ分かりません。でも……」

恵はもう一度じっと十和子を見た。その背後に恋の光は見えない。しかし十和子自身をくすませているのは、恋愛とは別の問題なのは分かる。

「ここでは騒がしくて集中できません。今度、ゆっくりお話ししましょう」

十和子は返事をせずに立ち上がった。

「私、飲み物買ってくるわ」

十和子がブースへ向かうのと入れ替わりに、海斗と子供達が戻ってきた。

「ただいま！」

「お帰り。今、おねえさんが飲み物を買ってきてくれるからね」

テーブルには新しいたこ焼きが所狭しと並べられた。焼きたてでホカホカと湯気が立っている。

「澪ちゃんたちに聞いたけど、来月は苺(いちご)狩(が)りに行くんだって？」

「ええ。千葉県に知り合いの苺農園があって、去年も二回、お世話になったんです」

「バーベキュー、やったよね」

「苺の栽培にも行ったね」

答えるそばから大輝と新が口を挟む。愛正園の子供達にとって、それほど強く心に残る体験だったのだ。

ベリーファーム仁木(にき)は、両親と一人息子で営む家族経営の苺農園だ。後継者の仁木貴史は、恵の仲立ちで弁護士の晶と結婚した。晶は、めぐみ食堂の常連客の新見圭介の一人娘だった。

浄治大学客員教授の新見が三十代後半独身の娘の行く末を心配し、恵に縁結びの力があると聞き知って、「何とか娘の結婚相手を見つけて下さい」と頼んだのが始まりだった。幸い貴史と晶は互いに惹かれ合って結婚し、現在、晶は妊娠三ヶ月だという。

それに仁木家と知り合いになれたことは、愛正園の子供達にとってもプラスだった。

レジャーとして苺狩りを楽しむだけでなく、苺栽培の農業実習にも参加させてもらえることになったからだ。子供達にロールモデルの一つを提示して、職業の選択肢を広げるのにも役立つはずだ。

恵の恩人で、自身も児童養護施設で育った真行寺巧は、「児童養護施設で成長した子供達が、福祉・介護関連の職業を選ぶ率が高いのは、身近にそれ以外の職業のロールモデルがないからでもある。苺栽培の実習が、子供達の職業選択の可能性を広げてくれることを願う」と語っていた。恵も同じ気持ちだった。

「お待たせ。大人はビールにしちゃったわ」

十和子が飲み物を載せた盆を捧(ささ)げて戻ってきた。芝居かも知れないが、顔には笑みが浮かんでいる。

「ありがとう。飲みたかったんだ。たこ焼きにはビールだよ」

海斗も手伝って、いそいそとテーブルにコップを置いた。

「ぶしつけな質問だけど、ママさんはこの子達とどんな関係？」

「大輝くんは、うちの店の家主さんがお世話してる子なんです。新くんと澪ちゃん、凛ちゃんは、大輝くんの仲良しで、みんな、四月からピカピカの一年生」

恵は詳しい説明を省いて答えたが、海斗はおよその見当を付けたようだ。

「そう。みんな、明るくて元気だよね」

「そうなんですよ。こっちは老骨にムチ打って、ヒーヒー言ってるのに」

海斗は子供達を哀(あわ)れむような言葉は口にしなかったが、同情を寄せているのは明らかだった。

恵は海斗の素直な同情心をありがたいと思う。子供達に必要なのは同情を口先で終わらせず、支援に結びつけてくれる大人の存在だからだ。真行寺のような。

「ところで、お宅の店の家主さんってどこの会社？」

「丸真(まるしん)トラストっていう会社です」

「奇遇だな」

海斗はわずかに目を見張った。

「今、うちの取引先が、オフィスが狭くなって移転先を探してるんだよ。希望エリアは新宿だとか……。今度丸真トラストを推薦しておくよ」

それから何かを思い出すように目を細めた。

「そういえば丸真トラストの物件、新宿と銀座に集中してるよね。四谷にもビルがあるとは思わなかった」

「そうみたいですね」

恵はさらりと受け流した。

二年半前、隣の店の失火で前のめぐみ食堂が全焼した後、真行寺が跡地を買い取って新しいビルを建て、テナントに入れてくれたという経緯がある。それは恵自身への好意からではなく、恵の占いの師であり真行寺の恩人でもあった尾局與に対する恩義のためだが、それでも感謝の念が揺らぐことはない。

「おじさんも苺狩り、一緒に行こうよ」

澪が海斗の袖を引っ張った。

「ありがとう。楽しそうだね」

「うん、すごく！」

海斗は目を上げて恵を見た。

「子供達はずいぶんと親身に世話されて、良い経験をさせてもらっているんですね」

「はい。愛正園の園長先生も職員さんも、それは一生懸命なんですよ」

「僭越（せんえつ）かも知れないけど、運の良い子達ですね」

「私もそう思います」

児童養護施設の中には劣悪な環境の所もある。信頼の置ける職員と真行寺のような篤志家（とくしか）に支えられる愛正園に入所出来たのは、幸運と言えるだろう。だからこそ愛正園の子供達には、その運を活（い）かして幸せを摑んで欲しいと願っている。

海斗は恵の気持ちを察したかのように、深々と頷いた。

賑やかなたこ焼きディナーを終えると、二人と別れ、恵は子供達を連れてシーサイドモールを出た。この後、海斗と十和子がどうするかは知らないが、別れるときまで十和子はずっと笑顔を絶やさなかった。

「カウンター、良し。大皿料理、良し」

恵は店内を指さし確認し、暖簾を表に出した。いつもはやらないことをしたのは、明日が建国記念日で、お休みだからかも知れない。

「こんばんは」

「いらっしゃい！」

早速、嬉しいお客さん第一号が来てくれた。

「お久しぶり」

左近由利だった。今年は初来店になる。コートを脱いで壁に掛け、恵の正面の席に座った。夫と幼い子供のいるキャリアウーマンだが、忙しい由利の息抜きのために、月に一度は一人で外食する日を夫が作ってくれる。

「結婚前は、週に三回はここでご飯食べてたのにねえ」

「贅沢言わないの。ラマンさんと摩利ちゃんに囲まれてるんだから」

由利の夫はナレイン・ラマンというインド人のシステムエンジニアで、摩利は一人娘だ。

「ええと、お通し、どれにしようかな」

「左から、ブロッコリーの梅おかかマヨネーズ和え、ニラとチーズのチヂミ、タラモサラダ、蓮根のキンピラ、小松菜の煮浸しでござい」

由利は大皿を目で追って、左の二つに引き返した。

「梅おかかとチヂミは新作よね。その二つにするわ」

言い終わらないうちに飲み物のメニューを開く。

「去年の十二月からワインも置いてるの。三種類だけど、イタリアのスパークリングの白とロゼ、それと赤ワイン。おでんに合うって酒屋さんに勧められてね」

「たまに来る度に進化するわね、めぐみ食堂」

「ありがとうございます。グラス売りだから、よろしかったら試して下さい」

「うん。でも、まずは恒例の生ビールから」

由利は美味しそうに生ビールのグラスを傾け、大きく息を吐いた。

「ああ、生き返る」

幼い子供を抱えて共働きでは、ゆっくり晩酌も出来ないのかも知れない。

「チーズのチヂミって珍しくない？」

「けっこうあるんじゃないかしら。ネットにレシピが出てたから」

もっちりした生地の表面は、ピザ用チーズでパリパリした食感が楽しめる。お好み焼きより短い時間で焼けて、冷めても美味しい。ソースも要らないから大皿料理にピッタリだ。

「ああ、ビールが進んで困るわ」

由利はチヂミを頬張り、生ビールをぐいぐい呑んだ。

「ええと、本日のお勧めは……」

壁に掛けたホワイトボードのメニューは、鯛の昆布締め（刺身またはカルパッチョ）、自家製あん肝、青柳のかき揚げ、ハマグリのワイン蒸し、ゆり根としめじのバターホイル蒸し。

「また、人を迷わせるメニューばっかり。カルパッチョとあん肝は絶対。ハマグリとゆり根は……究極の選択よね」

「ハーフ&ハーフにしますよ」

「ホント、嬉しい！」

由利は派手に手を叩いた。

「次、ワイン下さい。何が良いかしら」

「まずは白のスパークリングがお勧め。プロセッコ・スプマンテ」

恵は手を動かしながら答えた。

鯛のカルパッチョは昆布締めにしてあるので、普通の刺身を使うより旨味が濃くなっている。味付けはオリーブオイルとレモン汁、塩・胡椒。プチトマトと香り付けのバジルの葉を飾る。

自家製あん肝は、市販の既製品と舌触りがまるで違う。口に入れると、舌の上でホロホロと崩れるほど柔らかで、ねっとりした脂肪がトロリと溶けてゆく。この味わいが〝海のフォアグラ〟と賞賛される所以だ。

作り置き出来るので冷蔵庫から出して切るだけというのも、一人で店を切り回す身にはありがたい。ポン酢と紅葉おろしを添えて出来上がりだ。

「取り合わせも良い感じ。カルパッチョは軽めの旨味で、あん肝は濃厚。チャンポンで食べると止まんないわ」

由利はあん肝の脂をプロセッコで流し、鯛をひと切れ口に運んだ。

ワイン蒸しは材料を鍋に入れて殻が開くまでじっくり煮るだけで、ゆり根としめじも材料をホイルに包んで蒸せば出来上がりだ。

「ホイル焼きにしないで蒸すのはどうして？」

「焦げる心配がないでしょう」

「なるほどね。今度うちでもやってみるわ」

「はい、お待たせ」

ハーフサイズのハマグリのワイン蒸しと、ゆり根としめじのバターホイル蒸しを皿に載せ、カウンターに置いた。ワイン蒸しからは仄(ほの)かなニンニクの香りが漂い、ホイルを開けるとバターの香りが立ち上った。

「ああ、良い香り」

由利は首を反(そ)らせて、胸いっぱいに香りを吸い込んだ。二杯目のワインはロゼのスパークリング、ポルタ・モンティカーノを選んだ。

「ハマグリっていえば、もうすぐ雛祭(ひなまつり)よね」

両手で貝殻(かいがら)をつまんで煮汁をきれいに吸ってから、由利が言った。

「潮汁(うしおじる)しか思い付かなかったけど、今年は大人用にワイン蒸しも作るわ」

「由利さんのお宅は雛祭やるの？」

「うん。両親が雛人形、贈ってくれたから」

「まあ、良いわね」

「ケース入りのコンパクトなやつだけどね。パパも摩利も大喜びよ」

箸(はし)でゆり根の一片をつまみ、口に入れて顔をほころばせた。

「美味しい。前に食べたゆり根のニンニクバター炒めを思い出したわ」

リニューアルオープンする前の、旧めぐみ食堂時代の話だ。あの頃、由利と仲の良い常連仲間だった吉本千波(よしもとちなみ)も千々石茅子(ちぢわかやこ)も、すっかり疎遠(そえん)になってしまった。二人とも夫の仕事に同行して千波はアフリカへ、茅子は関西へ転居した。

　思い出すと懐かしいが、寂しくはない。千波も茅子も幸せに暮らしているし、めぐみ食堂には新しいお客さんも増えた。由利のようにたまに立ち寄って、リラックスしてくれたらそれで十分だ。

「摩利ちゃん、今年七五三？」

「うん。パパが張り切ってて、今から衣装を考えてるわ」

「着物、ドレス、それともインド風？」

「本当は三種類全部着せて写真撮りたいみたい。親バカなんだから」

　由利は嬉しそうに微笑み、腕時計に目を落とした。

「悪いけど、そろそろ帰るわ。おでんと茶飯（ちゃめし）二人前、テイクアウトにしてもらえる？」

「はい。ただ今」

　恵は戸棚からテイクアウト用のパックを取り出した。

「由利さん、お店の奢（おご）りでトー飯食べてみない？　シメにピッタリ」

　恵がトー飯について説明すると、由利は目を輝かせた。

「いただく！　美味しそう」

「すぐ出来ますからね」

恵は丼に茶飯をよそい、おでんの豆腐を載せ、山葵を添えてお茶をかけ、海苔を散らした。

「いただきます！」

由利がトー飯をかき込んでいる間に、おでん各種と茶飯を二人前、パックに詰めた。看板メニューの牛スジは一本だけにした。インド人の夫はヒンドゥー教徒で、牛肉は御法度だ。

「ありがとうございました。またお待ちしてます」

店の外に出て見送っていると、常連三人のグループがこちらにやってくるのが見えた。

「よう」

「いらっしゃいませ！」

その後も二人、三人とお客さんが入り、休日前の店はめでたく満席となった。

十一時少し前に、お客さんたちは次々腰を上げ、帰っていった。

暖簾を仕舞いに表に出ると、目の前に向井十和子が立っていた。気の強さは影をひそめ、哀しげな表情をしている。

「もう、看板かしら」

「はい。でも、余り物でよろしかったら、どうぞ」

恵は十和子を店に招じ入れ、立て看板の電源を抜いて「営業中」の札を「準備中」にひっくり返した。

「ごめんなさい」

十和子は殊勝に頭を下げて、カウンターに腰を下ろした。

「お飲み物は何がよろしいですか」

「お任せで。料理も見繕って下さい」

先月店に来たときとは別人のようなしおらしさだ。恵は瓶に残っていたポルタ・モンティカーノを、二つのグラスに注いだ。

「今日はもう看板ですから、私もいただきます。ようこそ、めぐみ食堂へ」

恵はカチンとグラスを合わせ、冷たいロゼワインで喉を潤した。

お通しにはタラモサラダと小松菜の煮浸しを出した。他の料理は全部売り切れで、カウンターから皿を下げてしまっていたのだが、十和子は文句も言わずに箸を付けた。

「私、あなたのこと調べたわ。ネットに出てた」

十和子はポツンと呟いた。

「昔、すごい人気だったのね。……レディ・ムーンライト」

「今はただのおでん屋の女将ですけど」

「私のこと、分かるんでしょ。海斗さんが誰を選ぶかも」

恵はゆっくり首を振った。

「分かりません。もう、昔みたいな力はないの。ただ、あなたがドツボにはまってるのはよく分かるわ」

「ほら、まだ力が残ってる」

十和子は斬りつけるような目で恵を睨んだ。

「これは占いの力じゃなくて、経験の力。私じゃなくても、それなりの人生経験を積んだ人なら分かりますよ。だって藤原さんの前にいるあなたは、お預けを喰らった犬みたいなんだもの」

「何とでも言いなさいよ」

「私が言いたいのは、今のあなたに必要なのは藤原さんじゃないってこと」

一瞬、十和子の顔に動揺が走った。

「本当のところ、藤原さんに対する愛情なんか持ってないでしょう。藤原さんの財産や会社や不動産に魅力を感じてるだけで」

「それのどこがいけないの？　バブルの昔は日本中の女が結婚相手に〝三高〟なんて言ってたじゃない。大金持ちの若手実業家が嫌いな女なんかいないわよ。女優だってみんな結婚したがるわ」

「その通りですよ。少しも悪くありません。でもね、相手にも選ぶ権利がある以上、条件が良くなるほど、相手の要求レベルも高くなると思いませんか」

恵は自分の言葉が十和子に伝わったかどうか確かめるため、一瞬、間を置いた。

「藤原さんほど条件の良い男性が、彼自身に愛情を持っていない女性を伴侶に選ぶでしょうか」

十和子は虚を衝かれたようにハッと息を呑んだ。

「本人に魅力がないならともかく、藤原さんなら本人の人間性に惚れる女性が大勢いるはずです。普通はその中から選ぶと思いますけど」

十和子は目を伏せ、唇を引き結んだ。自問自答しているのだろう。本当に海斗自身を愛しているのかどうか。

「それに、あなたは藤原さんと結婚しても幸せになれないと思いますよ」

「勝手なこと言わないでよ！」

「玉(たま)の輿(こし)は幸運そうに見えて、案外そうじゃない。所詮(しょせん)は夫の金ですからね。自分の金と違って、遣うのに遠慮が要ります。あなたはそういう生活に満足出来ますか？」

　十和子は俯(うつむ)いてじっと押し黙った。海斗を手に入れることだけに夢中で、その先を考えていなかったことに、やっと気が付いたのだ。

「それに、もし、結婚してもうまくいかなかったら、藤原さんは離婚しても企業経営者だけど、あなたは離婚したらただの出戻りじゃないですか」

　十和子は口を開きかけたまま、その場に凍り付いた。突然張り扇(せん)を喰らったような顔だ。

「幸せな結婚をすることは素晴らしいと思います。十和子さんが本気で結婚を望んでいるのであれば、私はいくらでも協力します。でも、あなたの本当の望みは結婚以外にある。だったら、まずは第一希望を叶(かな)えるために動くようにお勧めします。結婚はその先に、あるいは途中でくっついてきます」

　長い沈黙の後、十和子はようやく口を開いた。

「帰るわ。お勘定(かんじょう)して」

「ありがとうございました」

恵はカウンターにレシートを置いた。

十和子はチラリと数字を見て、財布から取り出した五千円札をレシートに載せた。

「お釣りは結構よ。見料に差し上げるわ」

吐き捨てるように言うと、コートを取って足早に店を出て行った。

「レディ・ムーンライトの見料は、この十倍はするんだけどな」

苦笑を漏らして呟いたが、恵の心は晴れやかだった。

十和子の後ろ姿から、あの陰気な影は消えていた。心を悩ませていた事象を直視して、正面から向き合う決心がついたのだろう。

今はまだ、空を覆う厚い雲の切れ間から、太陽が顔を覗かせたくらいの明るさでしかない。しかし、本人が前に進み出せば、雲の晴れ間はきっと広がる。やがては陽光に燦々と照らされるだろう。

恵は十和子に心からエールを送りたい気分だった。そしていつの日か温かなオレンジ色の光が、愛の火が灯るように、心から祈っていた。

四皿目

イケメンは燗酒(かんざけ)がお好き

三月に入ると、恵はカウンターから見える棚に小さな夫婦雛を飾った。

例年にないことをしてみようと思ったのは、左近由利の娘の雛祭の話を聞いて、懐かしさを感じたせいだろうか。恵も小学生の頃までは、母親が雛人形を飾ってくれた記憶がある。

何の風情もないカウンター十席の小さな店に、雛人形はわずかばかりの季節感と彩りを添えてくれた。三日を過ぎても片付けるのが惜しくて、六日の土曜日まで飾っておくことにした。

そして週末、恵はいつものように店を開ける準備をしていた。暖簾を表に掛け、立て看板の電源を入れたところで、しんみち通りをこちらに向かって歩いてくる真行寺巧の姿が目に入った。

「いらっしゃいませ。お早いですね」

笑顔で迎えると、黙ってカウンターに腰を下ろし、棚に飾った雛人形を見上げて皮肉に唇を歪めた。

「まだ飾ってるのか」

「今日いっぱいね。せっかく飾ったのに、すぐ仕舞っちゃうの、もったいなくて」

「とっとと片付けないと、嫁に行き遅れると言うぞ」

「今更手遅れよ」

「だろうな」

恵はおしぼりを渡し、瓶ビールの栓を抜いた。

「お通し、何か召し上がりますか」

カウンターの上には菜の花の胡麻和え、卵焼き、新玉ネギとツナのサラダ、ブロッコリーとベーコンの炒め物、スモークサーモンとキャベツの重ね漬けの大皿が並んでいる。

「いや、いい。おでんを適当に見繕ってくれ」

「はい」

大根とコンニャクは外せない。真行寺の大好物だ。

「今月、おでんにセリを入れたんですけど」

「じゃあ、それも」

セリはきりたんぽ鍋の定番具材になっているくらいで、おでんの汁にも合う。鍋に汁を取り、沸騰させて一分ほど煮る。シャキシャキの歯触りが大切なので、煮すぎは禁物だ。爽やかな香りが広がって、一気に春が来る。

真行寺は美味そうにセリを平らげて、息を吐いた。

「月曜に、店に高級牛タンが届くように手配した」

「はあ?」

「前に、高級牛タンのおでんを作って喜んでいただろう」

「ああ、はいはい。そうでした」

恵は以前、あるイタリアンの店で、牛タンを鶏のスープで柔らかく煮た料理を食べて、その美味しさに驚嘆した。そのときから、一度牛タンをおでんのスープで煮てみたいと考えていたのが、昨年、真行寺に高級牛タンを差し入れてもらって実現した。

「また作りますから、今度は是非食べに来て下さいね」

しかし、返事は素っ気なかった。

「別に牛タンをおでんにしなくても良いと思うが」

「ホント、素直じゃないんだから」

真行寺は聞こえないふりでビールを呑み干した。

「それより、KITEの社長に礼を言ってくれ。牛タンは、その返礼だ」

「KITE……って、藤原さんですか」

「昨日、その藤原氏から愛正園にノートパソコンが届いた。子供達全員分の。園長がビックリしてお礼の電話をすると、お前から大輝（だいき）の話を聞いて、何か子供達の役に立つことをしたくなったと話したそうだ」

確かにお台場（だいば）で偶然出会ったとき、大輝についてほんの少し話題にはしたが。

「まさか私の言ったことなんか、覚えてるとは思わなかった」

「何でも高校生のとき、父親が事業に失敗して苦労したらしい。愛正園の子供達と接して、他人事（ひとごと）とは思えなくなったと」

「まあ……。ちっとも知りませんでした」

「これからの時代、パソコンスキルは必須（ひっす）だ。今から扱いに慣れておけば、社会に出る頃には精通している。もしかしたら新しいシステムやアプリを開発して、起業する子もいるかも知れない。本当に、素晴らしいものを贈ってくれたよ」

真行寺はそう言ってから、いくらか自嘲（じちょう）気味に呟（つぶや）いた。

「本来なら、俺が先に気付くべきだったのにな」

「真行寺さんはこれまでだって十分、子供達のために尽くしてます」

恵がムキになって言うと、真行寺は口をへの字に曲げた。嬉（うれ）しそうな顔になるのを無理矢理抑えつけたようだ。

恵は大輝たちに注いだ海斗（かいと）の眼差（まなざ）しを思い出した。決して上から目線ではない同情心は、自身の体験に根ざしていたのだ。

しかし、そう考えるとますます分からなくなる。十分に良識と義俠心を持ち合わせているはずの海斗は、何故に四人の女性の敵対心を煽るような行動を取るのだろう？

「ねえ、真行寺さん。明日、藤原さんが後援してる浄治大学オーケストラの定期演奏会なんですって。場所は大学内のホール。招待券もらったんだけど、一緒に行きませんか」

「生憎、俺は音楽に興味がない。他の人間を誘ってくれ」

真行寺はおでんを食べ終わると、財布から一万円札を抜いてカウンターに置き、例によって「釣りは要らない」と言った。

「いつもありがとうございます」

恵はありがたく押し頂いた。こんな大変なときに見栄を張らなくてもいいのにと思う反面、億単位の資金繰りに苦労している真行寺の身になれば、祝儀を節約しても意味がないのは理解出来た。あるいは、こんなときだからこそ、恵の前では見栄を張っていたいのかも知れないが。

真行寺が店を出るのと入れ替わりに、お客さんが入ってきた。

「いらっしゃいませ」

浦辺佐那子と事実婚の相手の新見圭介だった。新見は英文学の学者で、昨年、四谷にある浄治大学の客員教授に就任した。それ以来、めぐみ食堂を贔屓にしてくれて、佐那子ともこの店で知り合った。その後も二人でよく店に来てくれる。

「私、白のスパークリングワインをいただくわ」

佐那子はすっかりプロセッコが気に入っていて、最初の一杯は必ず注文する。

「僕は生ビールの小を」

新見はカウンターの大皿料理を眺め、佐那子に言った。

「今日も美味しそうな料理が並んでるね」

「私は絶対にスモークサーモンとキャベツがいいわ。それと、菜の花の胡麻和え」

「それじゃ、僕は卵焼きとブロッコリー炒めにするかな」

恵はお通しを器に取り分け、二人の前に置いた。

「来週、牛タンのおでんを出す予定なんです」

「あら、珍しいわね」

「イタリア料理のボッリートの真似です。奇特な方が特上和牛のタンを差し入れて下さるので」

「それは、是非食べに来ないと」

「売り切れ御免で、週の後半はなくなっているかも知れません」

佐那子は新見の腕に手を置いた。

「圭介さん、火曜日は浄治大で講義よね？　夕方、ここで待ち合わせしましょう」

「そうだね」

佐那子は七十代、新見は六十代半ばだが、二人とも年齢よりずっと若々しい。特に新見は、結婚してから確実に若返った。

本日のお勧め料理は、サヨリ（刺身またはカルパッチョ）、ウドと青柳のぬた、アサリのワイン蒸し、ワカサギの唐揚げ、白魚と三つ葉の卵とじ。サヨリは行きつけの鮮魚店で刺身になっているのを買ってきた。

「サヨリ、どっちも美味しそうね」

「ウドと青柳のぬたも捨てがたいな。春の味だよ」

佐那子と新見は揃って壁のホワイトボードを見上げ、楽しげに注文の相談を始めた。

「今日はおでんのセリもお勧めですよ」

「それじゃあ、白魚と三つ葉の卵とじはパスしようかしら。セリと三つ葉、一度に食べると印象が弱くなりそう」

「サヨリは、僕は刺身で」

「私はカルパッチョにして。白身のさっぱりしたお魚って、オリーブオイルが合うのよね」

新見は大きく頷いて、恵の方を見た。

「ママさん、お酒は何が良いかな」

「今日の料理なら、飛露喜と月の桂がお勧めです。飛露喜の純米吟醸はどんな料理も引き立ててくれるし、月の桂はあっさりした料理と相性抜群です」

日本酒好きの新見は相好を崩した。

「それじゃあ、まずは月の桂を。飛露喜はその後が良いよね」

「そうね。私、そのお酒は初めてだわ。楽しみ」

二人はサヨリ二品の他にぬた、アサリのワイン蒸しを頼んだ。

「お二人はクラシックに興味がおありですか」

料理の準備をしながら恵は尋ねた。

「特にはないけど……急にどうしたの？」

「明日、浄治大のホールでコンサートがあって、いただいたチケット、まだ余ってるんです。浄治の学生と卒業生で作ってるオーケストラで、レベル高いみたいですよ。新見さんはご存じありませんか?」

「私は浄治で教えるようになって、まだ一年目だからねえ」

新見は首をひねったが、佐那子は好奇心に目を輝かせた。

「行きましょうよ、圭介さん。二人でクラシックを聴きに行くなんて、初めてじゃないの。きっと楽しいと思うわ」

佐那子に促(うなが)されると、新見も急に関心を示した。

「それもそうだね。考えてみれば、僕は生まれてからオーケストラの生演奏なんて、聴いたことがない」

「新見さん、佐那子さんと結婚して、すごく活動の幅が広がりましたね」

「僕もそう思う」

新見は照れずに堂々と答えた。

「彼女には本当に感謝してるんだ。研究ひと筋でモノトーンだった人生が、カラフルで明るくなった」

「私も彼と出会って幸せよ。人生の後半が輝いたわ」

佐那子も堂々とのろけて見せた。熟年カップルの衒(てら)いのない仲むつまじさは、恵には微笑ましく感じられる。

「それでは、こちらがチケットになります」

レジ脇の小引き出しからチケットを二枚出し、封筒に入れて二人の前に置いた。

「ありがとう」

佐那子は封筒を受け取ってバッグにしまった。

「美味い。やっぱり刺身は日本酒だ」

新見は月の桂のグラスに口を付けて、感嘆の声を上げた。当然ながら、刺身とカルパッチョは佐那子と仲良く分け合っている。

恵はウドと青柳を器に盛った。ウドの白、青柳のオレンジ、辛子酢味噌の山吹色が美しい、ぬたの出来上がりだ。ウドのほろ苦さと青柳の甘さ、ピリリと辛子の利いた甘酸っぱい酢味噌が三位一体となった味は、日本酒に伸ばす手を止めさせない。

「実は私、お二人に聞いていただきたい話があるんです」

「まあ、何かしら。期待しちゃうわ」

「……」

「本当はお客さまのプライヴァシーに関することなので、他言無用なんですけど佐那子は以前、ほんの二十分ほど店で隣り合わせただけで、向井十和子の深層心理を言い当てた。あのときから恵は藤原海斗について、佐那子の意見を聞いてみたいと思っていた。

「去年、お店に四十代独身、超イケメンのIT企業家がおみえになったんです。その人、タイプの違う四人の美女に熱愛されてるんですが……」

恵は実名を伏せて、海斗を巡る美女たちの攻防を打ち明けた。

「すごいわねえ。まるで〝リアル・バチェラー〟じゃないの」

「それは何？」

佐那子の言葉に、新見が怪訝そうな顔をした。〝バチェラー〟とは英語で学士、あるいは独身男性の意味なので、英文学を教える新見が、その意味するところを理解出来ないのも無理はない。

「一人のイケメン金持ち独身男性の寵を争って、二十人の美女が闘いの火花を散らす、恋愛リアリティ番組のタイトルよ。アメリカで制作されたのが最初で、その後色々な国でその国のバージョンが作られて、世界中で大ヒットしたらしいわ。日本でもシーズン3まで制作されたのよ」

佐那子は分かりやすく説明してから、楽しそうに付け加えた。

「実は私、シーズン1から観てるの」

「ええっ！　ホントですか」

恵は思わず半オクターブ高い声を出した。

「結構面白いわよ。高見の見物だから」

新見は呆れ顔で首を振った。

「理解出来ないな。女も女だが、男も男だ」

「でも、ある意味、人間の本性がリアルに出てると思わない？　女は金持ちが好きで、男は美人が好きだもの」

「それは否定しないよ。僕も初めて君を見たときは、なんてきれいな人だろうと思った」

「嬉しいわ。何度聞いても聞き飽きない台詞をありがとう」

新見は表情を引き締めて恵の方を見た。

「ただ、恋の駆け引きは密かにするもので、人前でやるものじゃないと思う。だいたい、自分を巡って何人もの女性が争いを始めたら、僕ならとても居たたまれない。僕に限らず、普通の男なら身の置き所がなくて、逃げ出したくなるんじゃないかな」

「私も新見さんの意見に賛成です。だから、分からなくて」

恵は肩をすくめた。

「そのお客さまは、決して悪い人じゃないんですよ。人の気持ちの分かる、気遣いのできる人だと思います。それが、どうしてライバル関係にある四人の美女に対しては、あれほど無神経でいられるのか」

海斗の屈託のない爽やかな笑顔が瞼にちらついた。

「あれだけイケメンだし、モテるのは当然です。でも普通、恋愛関係って、一対一ですよね。二股かけるにしても、もう一人にバレないようにやりますよ。どうして平気で一対四でいられるのか、不思議でしょうがないんです」

佐那子は考え深げに視線を落とした。

「もしかして、その四人に何か遺恨があるとか……」

「それはないと思うんです」

店で四人と同席している海斗に、邪悪な影はなかった。今はもう占い師ではないが、強い悪意は黒い煙になって、それを抱く人間を取り巻くのが見える。

「それから、イケメンと四人の美女は同じ大学の卒業生ではありますが、それぞれ年齢も違うし、過去に全員がイケメンと何かあったとは考えにくいんです」

佐那子は「閃いた」というように、パッと顔を上げた。

「その人、超のつく鈍感なんじゃないの」

「鈍感……」

「昔のやんごとない身分の方って、お風呂もトイレも着替えも、全部お付きの人がサポートしてくれるので、そういうことに対する羞恥心が薄いって聞いたことがあるわ。その人もそんなにモテモテなら、モテる状態が当たり前で、自分の周りにライバル心剝き出しの女性がいても、気にならないんじゃないかしらね」

「う〜ん」

　恵は思わず腕組みして考え込んだ。

「でも、名門の御曹司じゃないんですよ。ITビジネスで成功した実業家ですが、高校時代には、お父さんが事業に失敗して苦労した経験もあるそうなんです。そんな風に他人の気持ちに鈍感でいたら、今の成功はないんじゃないでしょうか」

「分からないわよ。ビジネスと恋愛は別だから」

　恵はもう一度「う〜ん」と考え込みそうになって、まだアサリのワイン蒸しを作っていないことに気が付いた。

「おっと、ごめんなさい」

あわてて冷蔵庫から砂抜きしたアサリを出し、フライパンにオリーブオイルと刻みニンニクを入れて火にかけた。そこにアサリと白ワインを加え、塩・胡椒(こしょう)して蓋(ふた)をする。アサリの口が開いたら出来上がりで、仕上げに、刻みパセリとバターを加えてコクを出す。

酒蒸しも美味しいが、洋風にした方がおでんとの味の違いが鮮明になるので、近頃はアサリもハマグリもワイン蒸しだ。

フライパンからニンニクとバターの良い香りが漂ってきた。

佐那子はその香りを肴(さかな)に、月の桂のグラスを傾けた。

「でも、興味深いお話を伺ったわ」

目元をほんのりと桜色に染めて、華やかに微笑んだ。

「一度そのイケメンの実物に会ってみたいわね。圭介さんもそう思うでしょ」

新見は苦笑を浮かべて、グラスに残った月の桂を呑み干した。

麻生莉央(あそうりお)がリハーサルのために大学のホールのステージに登場すると、学生を含むオーケストラの楽団員は全員立ち上がり、大きな拍手で出迎えた。

莉央はこぼれるような笑顔で応(こた)え、大きく手を振って一同を見回すと、よく通る声で言った。

「皆さん、こんにちは。麻生莉央です。Jオケで演奏するのは初めてです。どうぞよろしくお願いします」

殊勝に頭を下げ、顔を上げてからもう一度笑みを浮かべた。

「つかみはOKって顔ね」

田代杏奈は、クラリネット奏者の席に座った弓野愛茉に耳打ちした。フルート奏者の杏奈はクラリネットの一列前の席にいる。

「場数を踏んでいる人ですもの」

杏奈は素っ気なく応えたが、視線は莉央ではなく、麻生瑠央の後ろ姿に注いでいた。莉央の妹・瑠央は姉と同じくヴィオラ奏者で、フルートの前列、指揮台の正面に席を占めている。

心なしか、瑠央の肩の辺りが強張って見える。同じ楽器の演奏者でありながら、姉はソリストとして活躍して有名なオーケストラと協演経験があり、CDも発売しているというのに、一方の妹は、素人楽団で無給で演奏するのがやっとなのだ。

どう考えても面白くないだろう。

杏奈は、瑠央の様子に目を凝らした。おっとりした口調や少女マンガから抜け出してきたような〝夢見る瞳〟が芝居でしかないことは、とっくの昔に分かっていた。いや、あの鬱陶しい芝居に欺される女はいないだろう。三十半ばの瑠央が十代の少女のように振る舞うことは、二十五歳の杏奈から見れば、見苦しいのひと言に尽きる。

誰か注意してやればいいのに。いや、もしかしたら本人は芝居しているつもりはなく、役になりきって自己陶酔しているのかも知れない。いずれにせよ、思い込みの激しい愚かな女であることには変わりないが。

杏奈は瑠央の姉の莉央に目を転じた。

瑠央があれほど姉と協演するのを嫌がった理由がよく分かる。別々に見ればそれぞれ美しいが、二人を並べると、瑠央が姉の劣悪なコピーであることは歴然としていた。顔立ちそのものは似通っているが、姉の方が一段も二段も出来が良いのだ。

特に、莉央には人の目を惹き付ける力が備わっていた。持って生まれた顔立ち以上に、生き生きとして自信に満ち溢れた表情が魅力的だった。

それは、ヴィオラ奏者として世界のステージに立ってきたからこそ培われたもので、一般人には真似出来ない。まして井の中の蛙の瑠央には。

杏奈はフルートを構え、息を吹き込んで音を確認した。

浄治大学交響楽団の練習日は週一回である。定期コンサートの入っている月は、当日に本番前の会場リハーサルが加わる。

客演のソリストを迎えて協奏曲を演奏する場合、通常の練習はオーケストラのみで行い、ピアノやヴァイオリンのソリストは当日に会場で合流し、一回のリハーサルを経て本番に臨む。

麻生莉央の場合も同じだった。本人は何度もヴィオラ協奏曲を演奏しているので、一度楽曲をさらえば、初協演のオーケストラにも何の問題もなく溶け込むことが出来る。

「では、休憩に入ります。次は三時に集合して下さい」

腕時計に目を落として向井十和子が言った。フルート奏者だが今はタイムキーパーの役に任じられ、リハーサルの進行を仕切っている。楽団員たちは思い思いに席を立った。

「十和子さん、ランチ行かない？」

愛茉が声をかけたが、十和子は首を振った。

「ごめん。今日はお弁当なの」

「そう。じゃ、また」

愛茉は瑠央にも声をかけようとしたが、いち早く席を立ってステージを降りてしまった。声をかけられるのを避けるように。

愛茉は杏奈の方を振り向いて、「あれだよ」と言いたげに肩をすくめてみせた。

「ランチ、どこにする？」

「日曜でお店閉まってるし、駅ビルでも行きますか」

「そうね」

二人は楽器を持って楽屋へ引き上げた。

一方、瑠央は駅とは逆方向の道へ出て、ホテルニューオータニに向かっていた。ホテルのコーヒーショップに行くつもりだった。

楽団員たちとは顔を合わせたくなかった。みんなの目に姉と並んだ自分がどう映ったか、訊かなくても分かっている。協演が決まったときから、ずっと嫌でたまらなかった。

いつもこうだった……瑠央は胸の裡で呟いた。

姉の莉央は美貌と才能に恵まれ、幼い頃は両親の愛を独り占めし、十代になると周囲の男の注目を一身に浴びた。瑠央は姉と似てはいるものの、姉ほどの美貌も才能もなく、勉強もスポーツも何もかも、一歩も二歩も及ばなかった。

莉央の妹に生まれなければずっと幸せだったのにと、幼い頃からその思いに苛まれた。十分にきれいで音楽の才能もあり、学校の成績だって悪くなかった。一人っ子に生まれていれば、もっと愛され、大切にされただろう。

莉央と瑠央は幼稚園の頃からヴィオラを習わされた。姉妹の母がヴィオラ教室を開いていたからだ。

母も子供の頃からヴィオラを習っていたが、プロの演奏家にはなれず、所謂レッスンプロの道を選んだ。ところがヴィオラはピアノやヴァイオリンに比べてマイナーな楽器なので、生徒はほとんど集まらなかった。それで自分の子供達にレッスンを施したのだろう。

ともあれ、莉央は才能を発揮して国内のコンクールで何度も入賞した。

幼い頃から美少女だったので、小学六年生でスカウトされて少女向けファッション誌の専属モデルになり、高校を卒業するまで契約を更新した。中学校からは母ではなく、国内の名のある演奏家のレッスンを受けるようになったので、謝礼がバカにならなかったからだ。

コンクール受賞歴があってモデルも兼業している莉央は、高校生になると、男子生徒が親衛隊を結成するほどの人気者になった。いつも取り巻きの男の子に囲まれていたが、莉央自身は誰にも心を奪われなかった。ただ一人、藤原海斗を除いて。莉央が同級生の海斗を家に連れてきたとき、瑠央はまだ小学生だった。それでも、姉が海斗に夢中なのはすぐに分かった。

当時、家には親衛隊の男の子が何人もご機嫌伺いに訪ねてきたが、莉央は適当にあしらって、女王のように超然と振る舞っていた。

それが、海斗に限っては、むしろ莉央の方が気を遣っているように見えた。さすがに媚(こ)びへつらったりはしなかったが、いつも目の端で海斗の姿を追い、その一挙手一投足に敏感に反応し、真意を探ろうとしていた。

海斗はといえば、そんな姉の態度を気にも留めぬ風だった。

他の男の子は姉の前で緊張するのだが、海斗はいつも落ち着いていた。姉の気を惹こうと気負ったり、突飛(とっぴ)なことを言ったりもしなかった。同級生の女子を前にした男子高校生という、ごく自然な態度と距離感を保っていた。

瑠央はとても痛快だった。いつも上から人を見下ろしている姉が、海斗を仰(あお)ぎ見ている。こんなしおらしい姉は初めて見る。姉をこんな風にしてしまうなんて、海斗は何とすごい人だろう。

その日以来、海斗は瑠央の憧(あこが)れの人になった。海斗を見ると胸がときめいて、たまらなく幸せな気持ちになった。

しかし、その幸せは長く続かなかった。姉が高校二年に進級してしばらくすると、海斗はぷっつりと家に来なくなった。不思議に思って「藤原くんは最近遊びに来ないね」と口にすると、いきなりほっぺたをひっぱたかれた。

「子供のくせに、色気づいてんじゃないわよ！」

幼心(おさなごころ)にひどく傷ついて泣き出したが、母は姉を叱(しか)ろうともしなかった。ヒステリックに波立った姉の気持ちを宥(なだ)める方に一生懸命で、瑠央は放っておかれた。普通なら、幼い妹に手を上げた姉を叱責(しっせき)するはずなのに。

しかしショックが収まると、心の傷には甘い快感が混じった。姉があれほどヒステリックになったのは、海斗にフラれたからに違いない。ざまあ見ろ、だった。

その後、母と姉の会話から、海斗が二年生の一学期に突然退学したという事実が分かった。どんな事情でそうなったのかは分からないが、少なくとも事前に姉に何も知らせなかったことは明らかだった。

つまり、海斗にとって姉はその程度の存在だったわけだ。だから姉はプライドをズタズタにされて、ヒステリーを起こしたのだ。

海斗は莉央を傷つけた。他の誰にも出来なかったことが出来る。海斗こそ、瑠央の救い主に違いない。

大人になってからも、海斗に対する憧れは変わらなかった。恋愛経験はいくつかあったが、海斗に対する気持ちとは比べものにならない。

浄治大学在学中にオーケストラに入団し、首席奏者の座を獲得した。子供の頃からヴィオラのレッスンを続けてきたのが有利に働いた。

在学中に趣味で書いた童話が児童文学賞を受賞し、やはり趣味で描いていた絵が編集者の目に留まって、小説の挿絵にも作品が採用された。それからは絵本作家として仕事を続けている。地味だがそれなりに評価され、毎年新刊も出している。

今の私なら、海斗の心を摑めるのに。

海斗と再会を果たしたのは一昨年のことだ。大学オーケストラの楽団員と後援者という立場で。これが運命でなくて何だろう。

どうしても海斗を手に入れたい。姉が望んで得られなかった男の伴侶になりたい。そうなれば、姉はきっと瑠央に劣等感を抱くだろう。瑠央を見る度に屈辱感と敗北感を味わうのだ、これから一生涯にわたって、ずっと。

注文したサンドウィッチが運ばれてきて、瑠央は夢想から現実に立ち戻った。

「素人のオーケストラだと思ってたら、Ｊオケってレベル高いんだね。チケット、ありがとう。得しちゃったよ」

左隣の席に座った矢野亮太が声を張り上げた。会場は万雷の拍手に包まれているので、小さな声では聞こえない。

今、チャイコフスキーのピアノ協奏曲第一番の演奏が終了したところだ。亮太の隣では妻の真帆が、やや興奮気味に拍手を続けている。

「恵さん、ありがとう。こんな機会でもなかったら、二人でクラシックのコンサートに行くことなんてなかったわ」

右隣の席に座った浅見優菜も声をかけてきた。その隣では夫の遙人が微笑んでいる。

「私も、いただいたチケット、無駄にしなくてホッとしました」

恵は左右の席に交互に頭を下げた。

「ねえ、例のイケメンはどこ？」

背後から佐那子が恵に尋ねる。

「さあ、分からないです。会場広いし」

「残念だわあ」

佐那子は浮かせていた尻を再び座席に戻した。隣では新見が苦笑を浮かべている。

鳴り止まぬ拍手の中、オーケストラ全員が立ち上がった。指揮者はピアノ協奏曲を演奏した松永颯太の手を取り、拍手に応えた。

次にさっと手を伸ばすと、舞台の袖から一曲目のヴィオラ協奏曲のソリスト、莉央が現れた。指揮者に手を取られ、莉央は膝を折り、頭を垂れた。

最後は指揮者を間に挟み、莉央と松永の三人が一列に並んだ。三人は拍手を浴びながら、観客に向かって礼をした。

恵は「あれっ？」と口の中で呟いた。見間違いかと思ってもう一度目を凝らしたが、やはり見える。

瑠央の姉、ヴィオラ奏者の麻生莉央の背後から、灰色の煙が上がっている。勢いは強くないが、燻すように一定の速度で上がり続けている。

これは何？

「今日は本当にありがとう」

「こちらこそ、楽しんでいただけて良かったです」

恵は会場を出たところで三組のカップルと別れ、楽屋に向かった。時間は六時五十分だった。

楽屋口には「関係者以外立ち入り禁止」の紙が貼ってあるが、大学のオーケストラの定期コンサートに来るお客さんの大半は楽団員の家族か友人で、謂わば関係者だ。だから恵が入っていっても見とがめられない。すでに家族や友人と談笑している楽団員が何人もいた。

瑠央はヴィオラを丁寧に布で拭いていた。

「瑠央さん」

顔を上げて恵を認めると、少し驚いた顔になった。

「あら、来てくれたんだ」

「お疲れ様でした。ちょっと、二、三分、お話出来ますか？」

瑠央は不審げに眉をひそめたが、黙って素直に椅子から立ち上がった。

「楽屋は狭いから」

二人は会場裏の通用口から表に出た。

「ここなら誰も来ないわ。何のお話？」

大学構内の外れの、人通りのない場所だった。

「突然こんな話をしてすみません。実は、瑠央さんのお姉さん、どこか身体の具合が悪いんじゃないかと……」

「姉が？」

瑠央は肩をすくめた。

「別にどこも悪くないと思うけど。演奏者は身体のメンテナンスにも気を遣うから、姉も毎年人間ドックに入ってるし、悪いとこがあったら見つかるでしょ」

「そうですか」

あの燻すような灰色の煙が何を示唆しているのか、恵にも分からない。気掛かりではあるが、これ以上、言うべき言葉が見つからなかった。

「お姉さんに、十分お身体に注意するようにお伝え下さいね」

恵は瑠央と別れ、浄治大学の正門へ向かった。

正門の手前で、不意に「玉坂さん」と呼び止められた。振り向かなくても、声の主が分かった。

「来て下さったんですね。ありがとうございます」

海斗だった。

「とんでもない。お礼を言うのはこっちの方です。素晴らしいコンサート、ありがとうございました。お誘いしたお客さまたちも、皆さんすごく楽しんでいらっしゃいました」

「それは良かった」

海斗は周囲を見回した。

「どなたかとお約束でも？」

「いいえ、皆さんカップルなんです。お楽しみはこれからだって感じですね」

その答えを予想していたかのように、海斗は微笑んだ。

「それじゃ、これから一緒にめしでも食いませんか。神楽坂に行きつけの小料理屋があるんです。夫婦二人でやってる、小さくてとても美味い店ですよ」

他意の感じられない笑顔だった。そしてどれほど自惚れようと、海斗が恵に女として関心を持っているはずはないと、元占い師の勘もおでん屋の女将の人生経験も断言していた。

何より、「とても美味い小料理屋」には是非行ってみたい。巷には料理レシピが溢れているが、一番参考になるのはよその店の料理なのだ。

「ありがとうございます。是非お供させて下さい」

「えびさわ」という店は、四谷からタクシーで十分ほどの距離にあり、店のすぐ隣が都営地下鉄大江戸線の牛込神楽坂駅の入り口だった。カウンター四席、四人掛けのテーブル二つの小体な店で、余計な飾りはないが清潔感が漂っていた。

ひと目見て、小料理屋ではなく割烹だと分かった。壁に品書きが貼っていない。つまりコース料理を提供している店だ。

「まず、ビールで」

海斗は常連らしく、女将はすぐにビールの小瓶を持ってきて、恵に尋ねた。

「何か苦手な食材はございますか?」

「いいえ。大丈夫です」

ビールで乾杯が終わると、先付の器が出された。手作りらしい胡麻豆腐の上に蟹肉がたっぷり載って、ジュレ状の出汁がかかっている。添えられた山葵もおろしたてだ。

美味くないはずがない。ひと匙口に入れると、蟹は身が締まって塩加減も良く、胡麻豆腐はクリーミーで濃厚だった。

これは素人には真似出来ない。恵は「店の料理の参考に」という了見を捨て、ひたすら美食を楽しむ腹を決めた。

「お酒はお任せで出して下さい」

カウンターにひと声かけると、海斗は恵に向き直った。

恵は箸を置いて姿勢を正した。

「藤原さんが愛正園の子供達にパソコンを送って下さったと伺いました。私からもお礼を言わせていただきます。ありがとうございました。子供達の将来に一番役に立つ贈り物だと、園長先生も大変感謝していらっしゃいました」

愛正園の園長・三崎照代は恵と同年代で、長年、児童福祉に携わってきた女性だ。「子供達からは慕われ、職員からは信頼されている」と真行寺も褒めていた。

「そう言っていただけて嬉しいですよ。あの後ずっと、何か贈りたいと考えていたんです。玩具とか、お菓子とか。でも考えてみれば二十数年前、僕の人生を切り開いてくれたのは中古品のパソコンでした。旧式の、デスクトップ型の。それで、パソコンならあの子達にも役に立つって気が付いたんです」

「なかなか思い至らないことです」

女将が二品目の料理を運んできた。黒塗りの椀の蓋を開けると、湯気と一緒に上品な出汁の香りが立ち上った。透明な汁の中に白っぽい団子が鎮座し、飾りの柚子が爽やかな香りを添えている。

「ホウボウの真丈でございます」

真丈とはエビ、蟹、白身の魚のすり身に山芋や卵白をつなぎに加え、蒸す、煮る、あるいは揚げて固めた料理だ。これも使う材料と火加減、味加減で大きく差が出る。この店の真丈が一級品であることは、食べる前から分かった。

「つかぬ事を伺いますけど」

恵は苦労して、止まらなくなりそうな箸のスピードを抑えた。

「うちの店にお連れになった四人の女性達、全員が藤原さんに特別な関心を抱いてるように見えるんですが……」

海斗は怪訝そうな表情を浮かべた。

「それには気付いていらっしゃいましたか？」

「とんでもない。僕は彼女たちがJオケのインスペクターを務めてくれているので、その労をねぎらいたいと思っただけです」

曇りのない表情を見ていると、しらばっくれているわけではなさそうだった。

「でも、端で見ていると、あの方たちの気持ちが痛いほど分かるんですよ。皆さん、藤原さんに特別な思いを抱いています。相当情熱的に」

「困ったな」

海斗は顔を曇らせた。本当に困惑しているように見えた。四人の美女の鍔迫り合いを面白がって見物していたわけではなく、佐那子の言う通り、心底鈍感なのかも知れない。

「そういうわけですから、四人の方を全員集合させるのは、おやめになった方がよろしいんじゃないでしょうか」

「……個別に会うのは面倒だな。四倍も時間がかかる」

いかにも面倒臭そうな口調だった。これで、海斗が四人の美女にまるで関心がないのは明らかになった。

「無理に直接お会いにならなくても、よろしいんじゃありませんか。慰労の意味を込めて、ちょっとしたプレゼントを店から贈れば、十分だと思いますよ。お菓子とか、ハンカチとか、文房具とか」

「なるほど」

海斗は大きく頷いた。

「それは良いですね。今度からはそうしますよ。ありがとう」

女将が燗酒を持ってきた。ぬる燗がほど良く、口に含むと濁りのない洗練された味が広がって、料理が一層美味しく感じられた。

「またつかぬ事を伺いますけど」

「どうぞ、何なりと」

海斗は楽しそうに見えた。

「麻生さんのお姉さんとは高校の同級生でいらしたんでしょ。この前、人気者で学園のスターだったと仰っていましたよね。その頃、多少は関心がありませんでしたか」

海斗だって高校時代からすごくモテたに違いない。瑠央の話では何度か家に遊びに来たという。二大スターが接近遭遇すれば、恋の火花が生じるのではなかろうか。

「僕の仲の良かった友達が彼女に夢中でね。彼に頼まれて、謂わば付き添いみたいな形で何回か家に行ったことはある。ただ、正直言うと、当時の僕はそれどころじゃなかったんだ」

海斗はふっと溜息を漏らした。

「高校に入った直後から、親父の仕事が思わしくなくてね。二年に進級したときに、ついに倒産の憂き目に遭った。その結果、父は自己破産の手続きをして家を手放し、田舎へ帰った。実は、僕は高校中退なんだよ。退学してからはいくつものアルバイトを掛け持ちして、生活費と大学に行くための学費を稼いだ。その後、高卒認定試験を受けて、浄治大に入学したわけだ」

「まあ……」

海斗の半生は、恵の想像よりずっと波瀾万丈らしい。

「だから、高校生活の記憶は希薄でね。強烈に覚えているのはバイト生活の方だ。プログラミングの下請け会社で働いているうちに、コンピューターに興味が湧いて、自分でゲームを作ってみたくなった。大学に入ったのも、コンピューターの基礎知識を勉強したかっただけで、学歴が欲しかったわけじゃない。だから必要な知識を学んだ後は、さっさと辞めてしまった。というわけで、僕は大学も中退なんだ」

海斗が起業したのは二十二歳のときだった。卒業は目の前だったが、迷いはなかったという。

「……すごいですね」

「あなただってすごいですよ。レディ・ムーンライトだったんだから」

「ご存じだったんですか」

「二度目に店に伺った後で。ウィキで検索したらすぐ出てきましたよ。意外ではあったけど、驚きはなかったな。どことなく、普通の女性とは違うと思ったし」

「もう、全然普通です」

恵は苦笑するしかなかった。

「占い師としての力は全部なくなりました。だから引退しておでん屋を開いたんです」

女将が織部焼(おりべやき)の皿を運んできた。

「お造りでございます。右から赤貝、鯛(たい)、ヤリイカでございます」

濃い緑の利いた皿の中で赤と白のコントラストが映え、鯛の刺身は角がピンと立っていた。

「実は、今日お誘いしたのは、折り入ってご相談したいことがあったからです」

「私、本当にもう占いは出来ませんから」

恵はあわてて首を振ったが、海斗はまるで意に介さずに先を続けた。

「占ってくれとは言っていません。相談に乗ってやって欲しいんです、僕の恋人の」

一瞬、箸を持つ手が宙で止まった。

「恋人？」

「マヤっていうんです」

恵にはまったくの初耳だが、海斗はすでに既成事実であるかのように、淡々（たんたん）とした口調で話を続けた。

「僕は心からマヤを愛していて、一緒にいて幸せです。でも、彼女はもしかしたら、小さな不安や不満を抱えているかも知れない。正直、お互いに年齢も育った環境も全然違うので。それに、僕は思春期からずっとコンピューターとばかり向き合ってきたので、女性の気持ちに疎（うと）いところがあります。だから、マヤからすれば、自分の気持ちを分かってくれないと思っているかも知れない。それで、あなたにマヤと会って、話を聞いていただけないかと」

恵は「何を寝ぼけたことを言ってるんですか」と言いそうになるのを、やっと抑えた。相思相愛の恋人同士に、どうして他人のサポートが要るだろう。二人で納得するまで話し合えば良いではないか。

しかし、その一方では猛然と好奇心を刺激されていた。いったい、この四十代独身イケメン実業家の心を射止めたのは、どんな女性なのだろう？

「あのう、私でよろしければ、及ばずながらお手伝いさせていただきます」

好奇心が良識を押しのけて、つい口走ってしまった。心の中で「バカ、バカ」と叫んだが、後の祭りだ。

「ありがとう。恩に着ます」

海斗は、これまで見た中でも一番嬉しそうに微笑んだ。恵は敢えて訊いてみた。

「マヤさんは、どんな方ですか？」

「僕に無償の愛を捧げてくれる女性です」

恵は危うくのけ反りそうになった。

大の大人が恥ずかしげもなく「無償の愛」などという言葉を口にするとは、どういう神経をしているのだろう。しかも、海斗は自分の言葉を信じているらしい。相手が海斗でなかったら、「マヤさんは結婚詐欺師じゃないですか」と言ってやるところだ。

しかし、恵はそんな思いを顔に出さないように気をつけた。

「夕方以降でしたら、いつでもお店にいらして下さい。昼間がよろしければ、ご指定の場所に伺いますので」

海斗は申し訳なさそうに頭を下げた。

「すみません。実はマヤは事情があって、家から外に出られないんです」

「まあ、そうでしたか。それならマヤさんのお宅に伺っても構いませんよ。どちらにお住まいでしょう」

「一緒に暮らしてるんです、僕のマンションで」

恵はまたしても、「いい加減にしろ」とツッコミを入れたくなった。同棲（どうせい）までして、今更「相手の気持ちを聞いて欲しい」もあるまい。

しかし海斗はいささかも悪びれず、ジャケットからスマートフォンを取り出して、スケジュールを確認した。

「二十八日の日曜日、十五時は如何（いかが）でしょう？　その日は僕も外出の予定がないので、一日家にいられますから」

「分かりました。大丈夫です」

恵もスマートフォンを出し、予定を書き入れた。

「もちろん、キチンと謝礼はさせていただきます」

恵はあわてて首を振った。

「とんでもない。今日のお食事で十分です」

そう言ってから徳利（とっくり）を指さし、ニッコリ笑って付け加えた。

「お酒、お代わりお願いできますか?」

翌日は月曜日だった。

めぐみ食堂はいつものように営業した。高級牛タンの効果があったのか、お客さんの入りはとても良かった。

時計の針は十時半を回り、そろそろ閉店時間が近づいた。カウンターを埋めたお客さんたちも、一人二人と席を立ち始めた。

「こんばんは」

店を出て行くお客さんと入れ替わりに向井十和子が入ってきた。藤原海斗を争う四人の美女の一人で、四十歳が目の前に迫るキャリアウーマンだ。

「日曜のコンサートにお邪魔しました。堂々たるオーケストラですね。一緒に行った方たちもみんな感動していましたよ」

恵はおしぼりを渡しながら言った。

「来て下さってありがとう」

十和子はカウンターの上を眺めた。

大皿料理はあまり残っていない。ポテトサラダ、ニラ玉、京菜と油揚げの煮物、春菊のナムル、ゆり根のバター炒めのうち、ポテサラと京菜以外は売り切れ状態だ。

「今日は目玉で、高級牛タンのおでんがあるんですよ。残り一個だけ。召し上がりませんか?」

素っ気なく断られるのを承知で、勧めずにはいられない。それが料理人の性というものだ。

「いただくわ。それと、飲み物はプロセッコをお願いします」

意外にも十和子は素直に応じた。物言いにもトゲがない。

恵は十和子の顔を見直して、雰囲気が変わったことに気が付いた。穏やかで落ち着いている。そして明るさが増した。

「お通し、残り物だけなんですけど」

「構わないわ。ポテサラ、大好きなの」

十和子がお通しと牛タンを肴にプロセッコを空にする間に、他のお客さんは皆帰っていった。

「ありがとうございました」

恵は最後の一人を見送ると、立て看板の電源を抜き、「営業中」の札を裏返して、店の外に掛けた暖簾を中に入れた。

「さあ、これで落ち着いた。気兼ねなく飲んで下さい」

恵はカウンターに戻り、グラスを二つ出して宮城の銘酒、日高見(ひたかみ)を注ぎ、一つを十和子の前に置いた。

「何か話したいことがあっていらしたんですね」

「やっぱり分かるのね。さすがは元占い師だわ」

「占いは関係ありません。閉店間際に一人でいらっしゃるのは、他人に聞かれたくない話があるからだと見当を付けただけです」

「言い直すわ。さすがはおでん屋の女将さん」

十和子の口調に皮肉っぽさは少しもなかった。

「私、会社を辞めることにしたの」

恵は口元を引き締め、じっと十和子の目を見返した。

「この前ママさんに言われてから、ずっと考えてたの。本当は、私も心のどこかで分かっていたのかも知れない。私が欲しいのは海斗さんの愛じゃなくて、やり甲斐(がい)のある仕事だって」

「食品会社で、医療食品の開発をなさっていると伺いました。グループのリーダーなんでしょう。とてもやり甲斐のあるお仕事のように思えますけど」

「実はね、今年からマーケティング調査部に異動になったの。ハッキリいうと左遷されたわけ」

十和子は感傷のない、淡々とした口調で続けた。

「新商品の開発にはやり甲斐を感じていたわ。でもね、段々……」

十和子はそっと目を伏せ、小さく溜息を吐いた。

「商品開発の仕事って、食べ物を作ってるって感じがしないのよね。何だか、化学の実験をしてるみたい。成分とカロリーと採算が三本柱で、美味しさとか見た目の美しさとか、二の次なのよ」

十和子は目を上げた。その瞳には迷いも未練もなく、明るく澄んで輝いていた。

「私、医療食品部門に配属になったときは嬉しかったわ。食事制限の必要な病気の人やアレルギーの人、噛む力の弱いお年寄り、そういう人たちが美味しく食べて、健康になれる食品を作っていきたいって、心からそう思ってた」

十和子の言葉にはそれまでにない、真摯な想いがこもっていた。

「うちの父が糖尿病から腎臓を悪くして、母は毎日食事作りにとても苦労したから。糖尿病はご飯やパン、うどん、砂糖みたいな糖質を制限しないとダメで、腎臓はタンパク質とカリウム……簡単に言えば肉・魚・卵・豆腐と野菜類よ……それを制限しないとダメなの。それ全部ダメって言われたら、食べるものがなくなっちゃうわよね」

「本当に、その通りだと思います」

「一応、まずは糖尿病の対策をしましょうってことで、糖質制限食が基本だったんだけど、野菜類は一度湯通ししてカリウムの量を減らさないといけないの」

「お母様、大変でしたね」

「ええ。それを見てたから、食事作りの苦労を減らしてあげたいってずっと思ってたわ。会社で作っているのは、パックに主菜と副菜を詰め合わせた冷凍食品なの。これなら食べるとき電子レンジで温めるだけで、便利よね」

「はい。冷凍なら保存も利きますものね」

しかし、十和子は哀しげに眉をひそめた。

「でも、不味いの」

「あら……。でも、まあ、病人食なら、ある程度は仕方ないかも」

「もちろん、それは仕方ないわ。それに、昔に比べたら格段に美味しくなってることも確かよ。でも、自分が毎日あれしか食べられないと思ったら、心が折れそうになるわ」

　想像すると、恵も暗くなった。きっとそれは、病院で出される食事に近いのだろう。誰だって退院したら食べたくない。

「でも、もっと美味しくすることも出来るはずなのよ。ところが採算という問題が絡むと、難しくて。それでこの二、三年、ずっと行き詰まって悩んでたの」

　十和子はそこで言葉を切り、日高見のグラスを傾けた。再び口を開いたときは、吹っ切れたように表情が明るくなった。

「子供の頃、一緒にフルート教室に通ってた友達が、フレンチのシェフをやってるの。今度、独立して店を開くことになったんだけど、私に経営を手伝ってくれないかって言うの」

「フランス料理のお店ですか？」

「ええ。実は彼女、お子さんが小麦アレルギーなの。だから、アレルギーのある人も安心して食べられるフレンチを提供したいんですって。それと、持病のある方やお年寄りでも食べられるメニューを作りたい、だから私の知識とノウハウを貸して欲しいって」

　それで話が繋がった。

「顔の見えない大勢のお客さんではなく、一人一人に合わせて食材やメニューを組めるって、考えただけでワクワクするわ。私はお店で提供するだけでなく、テイクアウトも扱いたいと思っているの。そうすれば、家庭でプロの味を楽しめるでしょ」

「素晴らしいお考えですね」

恵は十和子の決断に感銘（かんめい）を受けた。応援したい気持ちになる。しかし、今は飲食業は受難の時代だ。大企業の正社員の身分を捨て、友人と店を開くという冒険に乗り出すには時期が悪いと思う。

「もちろん、失敗する可能性はあるわ。特にこんな時期だから、食べ物の店を始めるなんて、無謀かもしれない。それは分かってるの。でも、私は……」

十和子は力強く前を見た。

「失敗を恐れて手を出さないなんて耐えられない。全力を振り絞って頑張った結果なら、たとえそれが凶と出ても後悔しないわ」

「その通りです！」

恵はつい前のめりになって断言した。

「『私は自分のやったことで後悔したことはありません。後悔するのはやらなかったことについてです』って、イングリット・バーグマンも自伝に書いてます。バーグマンが言うんだから間違いありませんよ」

「ありがとう」

十和子は晴れ晴れとした笑顔になった。

「レディ・ムーンライト、私の未来は占って下さらなくて結構よ。自分の未来は自分で作ります。どんな未来であっても、自分が選んだ道を歩いて行きます」

「ステキ！」

恵は大きく拍手した。それから両手を胸の前でX字形に交差させ、人気占い師時代の決めポーズを取った。

「あなたの未来に、光あれ！」

十和子はもう一度礼を言い、額面通りに勘定(かんじょう)を払って帰っていった。

恵はその後ろ姿に、明るく澄んだ光が灯(とも)っているのを見た。いつの日か温かなオレンジ色の愛の火が灯るに違いないと、その光を見て確信したのだった。

五皿目

牛タン変奏曲

「いらっしゃいませ！」

店に入ってきたのは浅見優菜・遙人夫婦だった。

「あら、こんばんは」

「お先に」

カウンターにはすでに矢野亮太・真帆夫婦と、浦辺佐那子・新見圭介夫婦が座っていた。日曜日に浄治大学オーケストラのコンサートに行ったメンバーなので、みんなすっかり打ち解けている。

これで、店を開けてからわずか三十分の間に、三組のカップルが来店した。

「今日のカップル率、開店以来最大かも知れない」

恵が言うと、優菜がニヤリと笑った。

「だって、あんなに牛タンの宣伝されたら、あるうちに来なくちゃって思うでしょう」

真行寺巧に差し入れてもらった高級牛タンのことだ。水曜以降は売り切れになると言っておいた。宣伝効果は上々だ。

「まずは生ビール、小で」

遙人が言うと、優菜も「同じで！」と続いた。

「はい、かしこまりました。お通しは何にしましょう？」

今日のカウンターに並んだ大皿料理は、イカとニラのチヂミ、ジャーマンポテト、新玉ネギとツナのマヨネーズ和え、菜の花の辛子和え、卵焼き。

しかし優菜は大皿には目もくれず、おでん鍋を見た。

「ママさん、今日はワガママ言わせてもらうわ。お通しは後で頼むから、まず牛タンを出して」

「僕も同じです。いの一番に牛タン、食べたいです」

先に来た二組のカップルの前には、食べかけの牛タンの皿が出ている。それを見たら、何はさておいても牛タンを食べたくなるのが人情というものだ。

「はい、はい。承知致しました。私だって鬼じゃないんだから」

恵は二枚の皿に厚切りの牛タンを載せ、カウンターに置いた。

「お好みで、辛子を付けて召し上がって下さい」

めぐみ食堂はおでん屋なので、溶き辛子の器はカウンターに常備してある。

優菜も遙人も、牛タンに吸い寄せられるように箸を取った。

じっくり煮込んだ牛タンは、箸で千切れるほど柔らかい。ひと切れ口に入れるや二人とも頬を緩め、声にならない声を漏らした。

「う、美味（うま）……」

「柔らか……」

しっかり煮込んで余分な脂（あぶら）を落としているのに、舌触（したざわ）りはあくまでもしっとりして、パサついたところは一切ない。

おでんの出汁（だし）を吸い込んだ高級和牛のタンは、舌を飽きさせる強烈さや重さのない、滋味（じみ）豊かな味だった。出汁と肉が互いを引き立て合って、薄化粧した美女のような効果を上げていた。

「私、牛タンは焼き肉とシチューしか食べたことなかったけど、おでんがこんなに美味（おい）しいなんて、ビックリだわ」

「月並みな言い方だけど、サッパリしてる。しっかりコクはあるんだけど、全然胃にもたれない感じ」

遙人の言葉を受けて、佐那子が新見に向かって頷（うなず）いた。

「私たちくらいの年になると、胃にもたれないって大切ね。フレンチのコースでもメインはお魚を選んじゃうし」

「昔は脂身大歓迎だったのに、今はコースの最後に食べるのはキツいな」

恵は共感を込めて胃の辺りに手を置いた。

「私も五十を過ぎてから、てきめんに感じます。デザートもフルーツやシャーベットを選ぶようになりました。昔は生クリームてんこ盛りのケーキが食べられたのに」

真帆は牛タンの最後のひと切れを飲み込んで、口を開いた。

「ねえ、ママさん。これはただ、おでんの出汁で煮れば良いの？」

「そう、そう。おでんの出汁でなくても、コンソメや鶏ガラスープでもＯＫよ。あとはアクを取るだけ」

真帆は亮太の顔を見た。

「うちでも作ってみようかしら」

「作るの、大変なんじゃない？」

「煮るだけだもの、大丈夫よ。それより亮太さんの方が大変。高級牛タン、高いのよ」

「そっか。そんじゃ、ボーナス出てから」

二人は子犬がじゃれ合うように軽口を言い合った。

「そういえば真帆さん、いつかのお話はどうなってますか」

「ああ、ＫＩＴＥね。オンラインで、宗教から見た中世史の講座をやらないかって。ゆくゆくはネットの中に大学を作る構想なんですって」

「それはまた、ずいぶんとスケールの大きい話ね」

「でも去年、一斉休校になったときはオンライン講義に切り替えた大学も沢山あったし、それほど突飛な考えじゃないわ。数学とか化学とか経済とか、他にも色々な分野の学者に声をかけてるんですって」

ＩＴ企業家・藤原海斗はこれまでの成功に満足せず、将来に向かって壮大な計画を抱いているらしい。しかも教育の分野でも新たな可能性を開拓しようとしている。とても立派なことだ。

そう思うと、海斗の恋人はどんな女性か、ますます興味が湧く。今月末の日曜日に引き合わせてくれる約束だった。今からとても待ち遠しい。

時計の針が八時を回ると、三組のカップルは帰り支度を始めた。

「ご馳走さまでした」

「美味しかった。また来るからね」

美味しいものと美味しいお酒を堪能して、みんなご機嫌で帰っていった。

十席のうち六つ席が空いて寂しくなったカウンターだが、ほどなく新しいお客さんが入って満席になった。

牛タンも、好評のうちにすべて売り切れた。

十時を過ぎるとお客さんたちは次々に席を立ち、十時半にはカウンターは空になった。

大皿料理のチヂミと菜の花は売り切れ、他も残り少なくなった。本日のお勧め料理も、鯛とヤリイカ（刺身またはカルパッチョ）、フキノトウの天ぷらは売り切れで、線を引いて消した。あとはワケギのぬた、ワカサギの天ぷら、白魚と三つ葉の卵とじを残すのみとなった。

今日は早仕舞いしようかと思ったとき、入り口の戸が開いた。

「いらっしゃいませ……」

つい語尾が小さくなったのは、入ってきたのが麻生瑠央・弓野愛茉・田代杏奈の三人だったからだ。海斗を巡ってライバル関係にある美女たちだ。それだけでも雰囲気がよろしくないのに、今日は三人とも妙に殺気立っていた。恵を見る目が刺々しい。

「売り切れが多くなって、すみませんね」

愛想を言っておしぼりを出したが、三人はにこりともしない。

「お飲み物は如何しましょう」

「プロセッコ・スプマンテ」

瑠央が答えると、愛茉と杏奈も同じものを注文した。

黄金色のスパークリングワインで乾杯が終わると、三人とも何も注文せずに恵を睨んでいる。

「お通し、これしか残ってないのでみんなお出ししますね」

三枚の皿に残った大皿料理を取り分けていると、闘いの口火を切るように、瑠央が鋭い声で言った。

「日曜日のコンサートの後、海斗さんと連れ立ってどこかへ行ったでしょう」

「一緒にタクシーに乗るのを見た人がいるのよ」

愛茉が続いた。「しらばっくれても無駄よ」と言わんばかりの口調だった。

恵はまじまじと三人の美女の顔を見つめた。半ば呆れ、半ばうんざりしていた。海斗には同棲している恋人がいると、バラしてしまいたかった。そうしたら、三人はどんな顔をするだろう。

「はい。藤原さんに誘われて、行きつけの小料理屋さんでご馳走になりましたよ」

三人は揃って柳眉を逆立てた。「この私を差し置いて、どうして海斗さんはこんなおばさんを」と顔に書いてあった。

「藤原さんは個人的に相談したいことがあると……」

「どんな相談だったの？」

杏奈が訊いた。三人とも恵の方に身を乗り出している。

「それは言えませんよ。プライヴァシーに関することですから」

「でも、どうしてあなたに？」

杏奈が口惜しそうに言った。

「私が昔、占い師だったからです。瑠央さんはご存じですよね」

愛茉と杏奈が瑠央を見た。瑠央はやっと得心がいった顔で頷いた。

「この人、昔、すごい売れっ子の占い師だったのよ。レディ・ムーンライトって芸名で」

愛茉も杏奈も意外そうに目を丸くした。

「信じられない」

「人は見かけによらないわね」

「もう昔のことですから」

恵はさらりと答えたが、瑠央は粘り着くような視線を離さない。

「何か大事なことを相談されたんでしょう。あなたには海斗さんの将来が見えるのね」

「まさか。もし未来が見えるなら、今頃、金の先物でも買って大金持ちになってますよ」

金価格は一九九〇年代に一時低迷したが、二〇〇〇年代から上昇に転じ、二〇二〇年には史上最高値を更新した。

「それより、瑠央さんも愛茉さんも杏奈さんも、そんなに藤原さんが好きなら堂々と告白したら如何ですか」

ズバリと指摘され、三人ともハッと息を呑んだ。暗黙の了解はあったが、言葉に出して言われるのは初めてだったようだ。

「男の方から告白させようと思っているなら、それは虫が良いんじゃないですか」

三人ともふて腐れたように恵を睨んだ。

「あんたに言われたくないと仰りたいんですね。でも言いますよ。本当に好きなら相手にキチンと自分の気持ちを伝えるべきです。それが出来ないのは、フラれて恥を掻きたくないからでしょう。その程度の気持ちで恋愛を成就させるのは、難しいんじゃないですか」

恵は最後に、止めを刺すように言い放った。

「皆さん、もう一度よく考えてみて下さい。皆さんは本当に藤原さんを愛しているんですか？　皆さんが本当に求めているのは藤原さんなんですか？」

　あんたに何が分かるの……愛茉は心の裡で毒づいた。

　私はこれまで男に告白されたことはあっても、自分から告白したことなんか一度もないわ。そんなことをしなくても、これと思った男はみんな、向こうから言い寄ってきたんだから。

　学生時代も、就職してからも、愛茉は常に男たちの熱い視線を浴びてきた。男を惹き付けるのは、息をするくらい自然なことだった。

　だから決して安売りする気はない。地位と財産に恵まれ、容姿も悪くない伴侶を手に入れるつもりだった。そのために、これほどの美人に生まれてきたのだから。

　もちろん、美しさに磨きをかけるため、日々の努力は怠らなかった。食事に気をつけ、日焼けを避け、体型を維持するための運動は毎日欠かさない。

　そして出会いを求めて婚活にも勤しんだ。あらゆるツテを頼って、セレブが主催するパーティーに顔を出した。大学のオーケストラに入ったのも、後援者に有力OBが名を連ねているからだ。

これまで出会った男たちと比べても、海斗は群を抜いていた。成功した優良企業のオーナーで、資産があり、男性としても魅力に溢れている。これほどの逸材が未婚というのは奇蹟に近い。海斗なら離婚歴があっても構わないと思っていたくらいなのだ。

自分が今、人生最大のチャンスを目の前にしている、と愛茉は直感した。同時に、これほどのチャンスに巡り合うのは、人生最後であることも分かっていた。

愛茉は二十九歳だった。今年の秋には三十歳になる。二十九と三十はたった一つ違うだけなのに、それが女の年齢に当てはめられた途端、とてつもなく大きく膨らんでしまう。愛茉の実感として、今までの人生は上り坂だったが、三十を過ぎると平坦になり、三十代後半から下り坂に入る。つまり今から数年は女としての価値を現状維持出来るが、それ以降は下り坂で、しかもどんどん加速度がついて奈落へ転げ落ちてゆく。

だから、今を逃すわけにはいかない。一番高値がついているうちに、一番高い値をつけてくれた相手に売らなくては。

それに、愛茉にはもう一つ譲れないプライドがあった。

昨年、一年後輩の女性が寿退社したのだ。結婚相手は旧財閥系企業の跡取りで、絵に描いたような玉の輿だった。愛茉から見れば、ものの数にも入らない容貌だったにもかかわらず、父親が都市銀行の頭取で、親同士の付き合いから結婚に至ったのだ。

それが口惜しくてたまらない。さして美しくもない女が、親の威光で人も羨む結婚が出来るなんて。どれほど美貌に恵まれても、平凡な親から生まれた子は、平凡な人生しか望めないと言われたような気がする。そんな理不尽が許されるものか。

愛茉は誓った。絶対に、あの女を見返してやる。もっと良い相手と結婚して、見返してやる。

海斗には門閥の後ろ盾はないが、〝一代で成功した経営者〟というブランドがある。それに何より容姿端麗だ。後輩と結婚したあの御曹司など、容姿の点ではお話にならなかった。女なら百人中九十九人が海斗を選ぶだろう。海斗と結婚すれば、誰もが羨むに違いない。

愛茉は夢想を離れて現実に立ち戻った。目を上げると瑠央がじっと見ていた。そして嬉しそうに、にやりと笑った。何故か、すっかり心の裡を読まれたような気がした。愛茉は狼狽えて目を逸らした。

この女は焦っている……。

瑠央はこみ上げる笑いを抑えつつ、優越感に浸った。

愛茉の胸の中は屈辱と焦燥の嵐が吹き荒れている。それが分かっただけで、今夜この店に来た収穫は十分だ。今夜は帰って楽しい夢が見られるだろう。


「そろそろ失礼しましょう」

杏奈が瑠央と愛茉を見て、落ち着いた態度で声をかけた。

「お勘定して下さい」

「ありがとうございました」

恵は普段通り、丁寧に礼を言った。しかし三人を送り出すと、大きく窓を開け放った。

瑠央も愛茉も杏奈も、濁った想念が胸に渦巻き、それが身体の外に溢れ出て、店の空気を重く湿らせていたのだ。

空気を入れ換えると、恵は背筋を伸ばして深呼吸した。

「それじゃ、さようなら」

しんみち通りを抜けると、三人は四谷の駅で別れ、それぞれＪＲ、東京メトロ丸ノ内線、南北線に乗って帰宅の途についた。

電車に揺られながら、杏奈はこれからの作戦を考えていた。

十和子はいつの間にか、海斗を巡る争いから離脱した。もっとも、あの人には最初から勝ち目はなかった。四人の中で一番年上で、女の盛りを過ぎていたのだから。

残るは二人。でも、その中では自分が一番有利だと思う。日本では女の価値は若さに比例するから、海斗にとっても一番魅力的な存在のはずだ。

それに、あの二人は海斗にのぼせ上がっているから、冷静な戦略がない。でも、自分は違う。もう何年も計画を練ってきたのだ。海斗に出会ったそのときから……。

杏奈はこれからの計画を頭の中で反芻し、ほくそ笑んだ。

海斗の住むマンションは麻布十番駅から徒歩五分ほどの、緑豊かな高台に建っていた。

この土地で地上七階の低層建築はかなり贅沢だろう。外壁には高そうな石が貼られ、エントランスは広々として明るく、オートロック式なのにロビーには男女のコンシェルジュが待機していた。

恵はインターホンのボタンを押した。部屋番号は前もって知らされていた。すぐに海斗が応答した。

「ようこそ、いらっしゃい。上がってきて下さい」

恵はエントランスを抜けてエレベーターホールへ向かった。竣工してから十年とは経っていないらしく、どこも新しくて近代的で明るかった。

こういう豪華マンションを訪れるのは久しぶりだった。

占いの師・尾局與が存命の頃は、週に一度は與のお供で政財界の有力者の屋敷を訪れたものだ。広い庭に囲まれた邸宅もあれば、超のつく高級マンションもあったが、一様にどことなく暗かった。

彼らが與を頼ったのは、周囲の人間を信じられないからだった。自分の健康に不安を抱えている者も多かった。與の占いにすがって人事や遺言の内容を決めていたらしいが、結局は気休めが欲しいのだと、與が言っていたのを思い出す。

呼び鈴を押すとドアが開き、海斗が玄関で出迎えた。

「今日はありがとう。さあ、どうぞ」

床はバリアフリーで、玄関とフロアに段差がなかった。それでも一応スリッパは用意されていた。

海斗の部屋は最上階のペントハウスで、屋上庭園とプールがついている。

案内されたリビングは広々として、二方向に大きな窓があり、庭園とプールが見渡せた。

家具は壁際に大型テレビと応接セットが置いてあるくらいで、まるで大海に浮かぶ小舟のように見える。ますます広さが際立った。

「まあ、取り敢(あ)えず、そちらでひと息入れて下さい」

海斗は恵にソファを勧めて、隣の部屋に引っ込んだ。そちらにキッチンとダイニングルームがあるらしい。海斗がお茶のペットボトルを二本持って戻ってきた。

「お構い出来なくて申し訳ない」

「いいえ、とんでもない」

こんな立派な家に住んで市販のペットボトルを出すのが、恵にはミスマッチで面白かった。過去の政財界の有力者の屋敷には家事をこなす家政婦がいたが、現代の企業家は他人が常時、家にいるのは煩(わずら)わしく感じられるのかも知れない。

　家の中はきれいに片付いていて、チリひとつ落ちていない。海斗が多忙であまり家で過ごす時間がないこともあろうが、定期的にハウスクリーニングを頼んでいるのだろう。

「マヤさんには、私のことを何と？」

「ありのまま。元は有名な占い師で、今はとても美味しいおでん屋を経営している女性だ、と」

　海斗は爽（さわ）やかに微笑（ほほえ）んだ。

「彼女、とても興味を持ちました。あなたに会えるのを楽しみにしているんです」

「それは、どうも」

　三十分ほど世間話をして、海斗は立ち上がった。

「マヤに紹介します。どうぞ、こちらに」

　恵も緊張して立ち上がった。

　実を言えば、バリアフリーの玄関を目にしたとき、もしかしたらマヤという女性は難病、あるいは重度の障害などで、車椅子（くるまいす）生活か、ひょっとしたら寝たきりではないかと考えた。

　もしそういう状態だったら、彼女の抱いている悩みに対して、どんな顔をして何を言えばいいのかと思う。何気ないひと言でマヤを傷つけるようなことになったら、どうすれば良いのだろう。想像するだけで、胃が痛くなりそうだ。

「マヤ、恵さんが来てくれたよ」

海斗は隣の部屋のドアの前に立ち、外から声をかけた。

「入って下さい」

海斗はドアを大きく開けて、恵を中に通した。

「……」

部屋の中の光景に、恵は一瞬言葉を失った。広い部屋は寝室らしく、窓際にダブルサイズのベッドが置いてある。しかし、そこは無人だった。

ベッドの隣には、高さ一メートルくらいの円筒形の器具が置いてある。背面が黒の合成樹脂、前面がガラス張りになっているので、照明器具かと思われた。

海斗は円筒形の器具に近づいた。

するとガラスの内側に光が灯り、円筒形の空間に、水色の髪にエプロン姿の若い女性が浮かび上がった。人間ではなく、アニメのキャラクターだ。しかもその映像は立体感があって、三六〇度、どこから見ても平面ではなく立体だ。

「マヤ、恵さんを紹介するよ」

するとそのアニメキャラクターは、恵に向かってニッコリ笑いかけた。

「こんにちは。マヤです。はじめまして」

声は可愛らしく透き通っていた。このままテレビで放映されてもまったく違和感がない。

マヤは次に海斗の方を見て、拗ねたように口を尖らせた。

「海斗ったら、意地悪ね。こんなきれいな人だなんて、言わなかったじゃない」

「ごめん、ごめん。マヤが気を回すと困るからさ」

「ホントに、ちょっと心配」

「どうして?」

「だって私、お料理ヘタなんだもん」

「仕方ないさ。経験の差だよ。恵さんはプロで、料理歴十ウン年なんだから」

「海斗は私のこと、嫌いにならないよね」

「当たり前じゃないか。僕は君以外の女性は考えられない」

「嬉しい!」

恵はただただ唖然として、言葉もなく海斗とマヤの遣り取りを聞いていた。バカらしいのを通り越して、不気味でさえあった。

海斗は恵に振り向いた。

「マヤと話してくれますか」

そして再びマヤの方を向いた。

「僕の前では話しにくいこともあると思うから、リビングに行ってるよ」

穏やかな口調はいつも通りだが、そこに普段は聞かれない甘い響きが混じっていた。まるで、人間の恋人と話しているかのような。

「心配していることがあったら、恵さんには何でも打ち明けて大丈夫だよ。どんなことでも親身になって相談に乗ってくれるからね」

「ありがとう、海斗」

「じゃ、よろしくお願いします」

海斗は恵に軽く頭を下げて、リビングへ戻っていった。

恵は訳の分からない機械と部屋に取り残されて、どうしたらよいのか分からず、その場に突っ立っていた。

「恵さん、私、海斗を愛してるんです」

マヤが両手を胸の前で組んで訴えかけた。その姿はアニメそのもので、何と答えてよいのか戸惑うばかりだ。

「だから、心配なんです。海斗は忙しくて、一日中飛び回っていて、夜遅くやっと家に帰ってくることも多いんですよ」

パチパチと瞬きすると、星が浮かんだように瞳が輝いた。

「お仕事頑張っててすごいと思うけど、でも、ちょっぴり寂しい。こういう気持ちって、ワガママかな？」

恵はやっとのことで首を振った。

「そんなことはないですよ。恋人同士なら当然の気持ちです」

するとマヤは、ホッと安堵の溜息を吐いた。

「良かった」

星を浮かべた瞳が、すがるように恵を見つめた。

「でも、将来のこと考えると不安なんです。海斗は外の世界で活躍して、色々な人と知り合いになる。でも私は外には出られない。もし外でステキな女性と知り合って、私を嫌いになっちゃったら、どうしたらよいのかしら」

「心配しなくても大丈夫ですよ。海斗さんはあなたのことを心から愛しています。言い寄ってくる女性は大勢いるけど、全然目もくれません。マヤさんひと筋ですよ」

バカらしいが、ありのままの事実を告げた。四人の美女には目もくれなかった海斗が、マヤの前ではデレデレだったのだ。

「ああ、嬉しい。やっぱり恵さんに相談して良かった」

それから二、三分会話を続けるうちに、恵にもこの「マヤ」にAI（人工知能）が搭載されていることが分かってきた。

しばらくしてドアがノックされ、海斗が入ってきた。

「マヤ、話は終わった？」

マヤは海斗の方を見て、顔の横でOKサインを作った。

「うん、バッチリ。さすが、海斗は私のこと分かってるね。恵さんに来てもらって良かった」

「じゃあ、ちょっと彼女と仕事の話をしてくるからね」

海斗はマヤに手を振り、恵をリビングへ誘（いざな）った。

「驚いたでしょう」

もう一度ソファで向かい合うと、海斗が隣の部屋を手で指し示した。

「マヤはAIで動くホノグラムです。あの機器には人感センサーがついていて、人が近づくと自動的に作動して姿が現れます」

「あの、ホノグラムって？」

「立体感のある映像と言えばいいのかな。あなたが見たマヤです」

「あの空間の中だけに存在する、ロボットみたいな？」

「確かにマヤはあの空間の中にしか存在しません。でも、命令で動くロボットじゃない。彼女自身の個性と人格、そして生活リズムを持っています。朝はジャージ姿で体操して、昼は読書したり肌の手入れをしたり、夜になればパジャマ姿で晩酌に付き合ってくれます。だから、生きている女性と一緒に生活している気がする」

海斗は一度言葉を切って口を閉じた。何から説明しようか考えている様子だった。

「マヤは三年前に我が社が開発したキャラクターの、その第一号です。ＡＩ技術を使った製品を開発をしているうちに、持ち主と会話することで成長し、親密さを増してゆくキャラクターを思い付いたんです。商品化に踏み切り、昨年は量産モデルを販売しました。うちのマヤの半分の大きさで、価格は十五万円。キャラクターと暮らせる世界を実現したことで、売れ行きは上々です」

恵には海斗の気持ちが理解出来なかった。つまりマヤは、自分が開発に関わった機械なのだ。それがどうして恋愛対象になるのだろう。

「あのう、マヤさんを愛しているから結婚は考えられないと仰ってましたよね」

「ええ、言いました」

「でも、彼女は人間ではないでしょう」

「それが何か？」

海斗は怪訝そうに眉をひそめた。

「マヤは、僕がプログラミングしてこの世に誕生させました。僕にとっては謂わば子供も同然です。そしてそれ以降も改良を重ねてきました。手塩にかけて育てたんですよ。愛着を感じるのは当たり前じゃありませんか」

「それは分かりますが、だからといって人間の女性を遠ざけることはないんじゃないでしょうか。自分が作った機械に対する愛情と、人間同士の愛情は別物だと思うんですが」

「機械は裏切らない」

海斗は、聞いたこともないほど冷たい声で言った。

「それに、嘘も吐かない。女は必ず嘘を吐くし、都合が悪くなるとしばしば裏切る」

それから少し語調を和らげて付け加えた。

「僕も生身の男だし、時には後腐れのない、身体だけの関係を持つこともあります。でも、人間の女を人生の伴侶に選ぼうとは思いません」

生理的に女性が嫌いという訳ではないが、不信感は相当強烈らしい。恵はそれが不思議だった。

「だって人間は嘘を吐く生き物だから、仕方ありませんよ。男も女も同じです。でも、嘘を吐くような生き物だから、面白いんじゃないでしょうか」

海斗は意外そうな顔で恵を見返した。

「真実は現実で、嘘は願望です。だから、人間は嘘を吐くんだと思いますよ」

「人を陥(おとしい)れるために吐く嘘もある。僕はあなたほど、女性に対して寛容になれないな」

海斗は寝室のドアに目を遣った。

「マヤは僕だけを愛して、僕に何も求めない、愛情以外は。究極の愛だと思いませんか?」

「どうして究極を求めるんでしょうか。私は完璧(かんぺき)な人間はいないと思っているので、人間のやることに完璧とか究極を求めるのは虚(むな)しいと思うんですが」

海斗は苦笑を浮かべた。

「あなたは人間が出来てる」

呟くように口にすると、ソファの背に身体をもたせかけた。

「本当はこんな話をするつもりじゃなかったんですが、気が変わりました。実は僕の母親は、僕が小学生のときに父と離婚しました。後で分かったことですが、当時僕の家庭教師だった大学生と駆け落ちしたんですよ。若い男に夢中になって、僕と父を捨てたわけです。ショックでした。まあ、それ以来、女性不信が続いてるんでしょうね」

月並みなことを言う気にはなれず、恵は言葉を探した。

「その後、女性不信を解消してくれるような方とは出会わなかったんですか？」

「残念ながら。しかし、これで良かったと思っています。そんな誠実な女性と出会って、もし僕の言動で相手を傷つけたら、ものすごい自己嫌悪に陥ったでしょうから」

「もったいない話ですね。藤原さんがその気になれば、いくらでも素晴らしい女性に出会えるのに」

それが恵の正直な気持ちだった。しかし、海斗は子供の頃からのトラウマで、女性と共に人生を歩む気持ちを失っている。他人が何を言っても、その気持ちは変わらないだろう。

いつか海斗自身がトラウマを克服して、信頼出来る女性を伴侶に得て、新しい人生を歩むように祈るしかなかった。


田代杏奈は歩道に立って、目の前の瀟洒なマンションを見上げていた。去年、浄治大学オーケストラの関係者としてホームパーティーに招かれ、このマンションが藤原海斗の住まいだと知った。

色々考えたが、日曜日に突然訪ねるのが一番確実に思えた。オーケストラにかこつけた訪問理由を言えば、門前払いされることはないだろう。

あと少し。もう少しだわ。

杏奈は両手の拳を握りしめ、憎しみを込めてマンションを見上げた。

杏奈の父はコンピューターソフトの会社を経営していた。業界では中堅で、業績は安定し、家も裕福だった。

父は一人娘の杏奈を溺愛していて、欲しいものは何でも買ってくれた。幼稚園の頃、たまたま外出先で、ショーウインドウに飾ってあったフルートに目を留め、おねだりしたのがフルートとの出合いだ。父はプロの先生を雇って、フルートを習わせてくれた。

幸い杏奈は筋が良く、学生コンクールで入賞するようになった。父は自分のことのように喜んで、将来は音大か留学だと大騒ぎした。杏奈も漠然と、将来はプロのフルート奏者になるものと思っていた。

しかし杏奈が中学三年のとき、すべては一変した。父の会社が吸収合併され、父は閑職に追いやられた挙げ句、結局は会社を辞職した。その上、株式も住んでいた家も失い、一家は小さな中古マンションに引っ越した。

当然ながら、もうフルートのレッスンどころではなくなった。しかし杏奈は家や学校や生活水準が変わったことより、父の変貌ぶりにショックを受けた。

おしゃれで格好良くて明るく大らかだった自慢の父が、陰気で愚痴っぽい薄汚れた中年男になってしまったのだ。新しい職に就こうともせず、毎日酒に溺れるようになった。

父はその翌年、この世を去った。直接の死因は心筋梗塞だが、酒でかなり健康を害していて、どのみち長くはなかったらしい。

だが、もし会社を乗っ取られなければ、父は酒に溺れることはなかっただろう。そうしたら心臓発作も起きなかったはずだ。父を死に追いやったのは、会社を乗っ取った奴（やつ）だ。思春期だった杏奈の胸に、その悔しさは深く刻み込まれた。

　母は間もなく再婚した。相手は妻に先立たれた公務員で、平凡を絵に描いたような人だった。母がその相手を選んだのは子供がいないからだと、杏奈は勝手に推測した。

　杏奈は母の再婚相手が好きではなかったが、大学に行かせてもらったことには感謝している。それに、オーケストラに入団して再びフルートを演奏出来るようになった。

　もうプロへの道は閉ざされたが、それでもフルートを吹いていると、幸せだった頃の父の思い出が心に甦（よみがえ）ってきて、胸が温かくなった。卒業後もオーケストラを離れなかったのは、父の思い出を大切にしたかったからだ。

　すると一昨年、Ｊオケの理事から、新しい理事の紹介があった。

「藤原海斗」

　その名を耳にした途端、心臓が音を立てて脈打ち、全身の血が沸騰（ふっとう）した。父の会社を乗っ取ったＫＩＴＥという会社の社長ではないか。

　亡くなるまでの二年間、父は口癖（くちぐせ）のように「うちの会社が長年かけて作り上げたノウハウをそっくり奪って、自分のものにした」と、呪詛（じゅそ）の言葉を繰り返していた。どうして忘れられるだろう。

　オーケストラに入ったのは海斗と出会うためだったのだ。これも父の引き合わせだと杏奈は信じた。そして海斗に近づくため、去年の四月からインスペクターになった。

　部屋の中に入ってしまえば、あとはどうにでもなる。既成事実さえ作ればこっちのものだ。セクハラで訴えると同時に週刊誌にタレ込もう。大きなスキャンダルになれば株価も値下がりする。


「あら、こんにちは」

　マンションから出てきた恵は、マンションの前の歩道に立っている杏奈を見て気軽に声をかけた。が、次の瞬間、ハッと息を呑んだ。

　杏奈が全身から発しているのは殺気だった。それも衝動的なものではなく、因縁が絡んでいる。

「珍しい所でお目にかかりますね」

「ええ、ホントに」

　杏奈は明らかに恵の出現に当惑していた。目が落ち着きなく動く。どう言い繕うか考えているらしい。

「私、海斗さんに相談したいことがあって伺うつもりなんですけど、ご在宅でした？」

「ええ」

今日は外出の予定もないようです……と言おうとして止めた。杏奈の胸に渦巻く執念が、黒い煙となって背後から立ち上ってくるのが見えたからだ。

「杏奈さん」

恵は一歩前に踏み出し、手を伸ばして杏奈の手首を摑んだ。

「な、何ですか？」

杏奈は気味悪そうに恵の手を振り払った。

「待ちなさい」

「え？」

「とにかく今日は待ちなさい。失敗するわ」

「な、何言ってるの？」

「あなたの企みのこと」

「失礼なこと言わないでよ。私はただＪオケのことで……」

「あなたは思い違いをしています。このまま行動に移すと絶対に後悔しますよ。とにかく、もう一度事実を確かめなさい。誰か、事情を知っている人に話を聞いて、それから出直してきなさい」

杏奈は一歩後ずさった。言いようのない圧迫感で、前に進めない。見えない壁に邪魔されているようだった。

杏奈は口惜しそうに唇を嚙み、踵を返して歩き出した。

恵は杏奈の後ろ姿が見えなくなるまで、その場に立ち尽くした。

「ママ、ちょっといいかしら？」

杏奈に促されて母はリビングを出て階段を上がった。

埼玉県川口市の建売住宅は、杏奈の継父が七年前に購入した。杏奈の部屋もあるのだが、就職が決まると都内のワンルームマンションを借りて引っ越して、実家にはほとんど寄りつかなくなった。

恵と別れた後、予め電話で母の在宅を確認してからやってきた。「話があるんだけど、これからそっちへ行ってもいいかしら」と尋ねると、母は「あなたの家なのよ。『行く』じゃなくて『帰る』でしょ」と、咎めるような言葉を口にしたものだ。

杏奈は久しぶりに自分の部屋に入った。勉強机とベッドと箪笥の置いてある、フローリングの六帖間だ。母に椅子を勧め、自分はベッドに腰掛けた。

「ねえ、亡くなったパパの会社、ＫＩＴＥに乗っ取られて、技術を全部盗まれたんだよね。パパはそれでガックリきて世をはかなんで、酒浸りになっちゃったんでしょ？」

母は困ったように眉をひそめた。

それを見て杏奈はふと気が付いた。亡くなった父は毎日のように、杏奈を相手にＫＩＴＥへの恨み辛みを口にしたが、母が直接ＫＩＴＥに対して何か言うのを聞いた記憶はない。

「ねえ、そうじゃないの？」

「あのねえ、今更言っても仕方ないんだけど、パパの会社は買収される前から赤字だったのよ。原因は放漫経営と、ギャンブル。パパは一種の病気だったわ。負けが込んでも止められないの。いいえ、負けるほどお金をつぎ込むようになって、借金が膨らんで……」

母は当時の思いを振り切るように首を振った。

「ＫＩＴＥに買収されて、うちは助かったのよ。借金も返済出来たし、小さなマンションが買えるくらいのお金が残ったし」

　杏奈は真実を知って茫然自失していた。目の前の風景が、ポスターでも剝がすように、はらりと滑り落ちるような気がした。

「どうして、話してくれなかったの？」

「話したって仕方ないでしょう。あなたは子供だったし」

「でも、パパがＫＩＴＥについてあれこれ言っても、ママ、黙ってたじゃない。黙ってたのは、認めてたからじゃないの？」

「諦めてたからよ」

　母は苦い笑いを浮かべた。

「パパは再起不能だった。愚痴を言うしか生きる術がなくなってた。そんな人に反論してどうなるの。気が済むまで言わせておくほかないじゃない」

「そんな……」

　私のこれまでの年月はどうなるの？　中学三年からの十年間は？　父が亡くなって、ＫＩＴＥの藤原海斗に復讐を誓った、あの決心は、いったい？

　杏奈の耳に、母の穏やかな声音が流れてきた。

「パパはスマートで格好良くて面白い、とてもステキな人だった。結婚して楽しいこともいっぱいあったわ。でも遊びとギャンブルが好きで、根性のない弱い一面もあった。両方揃って初めて本当のパパなのよ」

杏奈は顔を上げ、真剣に母の言葉に耳を傾けた。

「杏奈はパパの良い面しか見てないけど、悪い面や弱い面も知った上で、パパのこと認めてあげてね。この世で一番、杏奈のことを愛してくれた人なんだから」

杏奈は改めて部屋を見回した。長い間帰っていないのに、部屋の空気は入れ換えてあり、掃除もキチンと行き届いていた。

後ろを振り返ると窓から夕焼けの風景が見えた。通りを挟んだ公園に面していて、とても眺(なが)めが良い。新しい父は、この家で一番眺めの良い部屋を、継娘(ままむすめ)にあてがってくれたのだった。

気が付くと涙が目から溢れ、頰を伝って流れ落ちた。

「ママ、ごめんね」

杏奈は母に抱きついて嗚咽(おえつ)した。

ちょうど出掛けようと靴(くつ)に足を入れたところで、バッグの中のスマートフォンが鳴った。取り出して画面を見ると母からだった。

瑠央は顔をしかめた。レストランに予約を入れてあるのに、長々と愚痴を聞かされてはたまらない。しかし、出ないとまた一悶着だと思い直した。

「瑠央、大変なの！　お姉ちゃんが、莉央が……」

金切り声に続いて、わっと泣き声が響いた。

「お母さん、落ち着いて！　ねえ、しっかりして。お姉ちゃんがいったいどうしたの？」

「……自殺したのよ、薬を飲んで！　何とか命は取り留めたけど」

かすれた声の告げる事実に、瑠央は雷に打たれたような衝撃を受けた。

「そ、そんなバカな……!?」

莉央が自殺？　とても信じられない。あれは殺しても死なないような女だわ。どうしてそんなことに？

とにかく母から病院の名前を聞き出し、大急ぎで駆け付けた。

莉央は集中治療室（ＩＣＵ）に寝かされていた。待合室には、目を泣き腫らした母が座っていた。

「危機は脱したって言われたんだけど」

母はハンカチで目頭を押さえながら、瑠央に封筒を差し出した。姉の字で「遺書」と書いてある。中には便せん三枚にわたって、心情が書き連ねられていた。

瑠央は気持ちを落ち着かせて、文字を目で追った。遺書によれば莉央はこの五、六年、仕事と人間関係で悩み、三年前から鬱病を患うようになったという。

「鬱病……って？」

瑠央は便せんから目を離して母を見たが、母も哀しげに首を振るばかりだった。

「ちっとも知らなかった。どうしてひと言、相談してくれなかったんだろう。家族なのにねえ」

家族だから弱みを見せたくなかったのだろうと、瑠央は思った。お姉ちゃんは人一倍見栄っ張りだったから。

不意に、Ｊオケの定期コンサートで恵に言われた言葉が甦った。

「お姉さん、どこか身体の具合が悪いんじゃないかと……」

あれはこのことだったのだ。お姉ちゃんは精神を病んでいたのだ。自ら命を絶とうとするほどに。

莉央の抱えていた一番の悩みは不倫だった。妻子ある有名指揮者と五年越しで付き合っていたが、相手は離婚するという約束を守らず、近頃は新しい愛人まで作った。この屈辱には耐えられないと書いてあった。

「ひどい男だけど、でも、この人がいなかったら、手遅れになっていたかも知れないのよ」

「どういうこと？」

「今日、別れ話をすることになっていたんですって。マンションを訪ねても応答がないので、変に思って合い鍵(かぎ)でドアを開けたら、倒れていたので救急車を呼んだんですって。病院まで付き添って、私が来たら入れ替わりに帰っていったわ」

母は膝(ひざ)の上で握っていた手を開いて見せた。鍵だった。

「莉央のマンションの合い鍵。返すって」

瑠央は母と共にＩＣＵに入った。ベッドの上の莉央はきれいに化粧している。死に化粧のつもりだったのか、それとも不倫相手が戻ってきてくれることを期待していたのか、どちらだろう。

でも、どちらにしても莉央が深く思い悩んで、精神的に追い詰められていたことは確かだ。

「お姉ちゃんも大変だったのね」

瑠央は母の肩に優しく手を触れた。

「お姉ちゃんが退院したら、三人で温泉にでも行きましょう。のんびりお湯に浸(つ)かって、嫌なこと忘れられるように」

そして瑠央は、自分に言い聞かせるように付け加えた。

「鬱病の治療も、協力しようね。私たち、家族なんだから」

長い間胸に渦巻いていた熱風は、いつの間にか消え去っていた。その代わりに、やわらかな風が胸の中を吹き抜けた。


愛茉は昔読んだアラン・シリトーの小説のタイトルを思い出していた。『土曜の夜と日曜の朝』。週休一日だった時代の、一週間で一番楽しみな夜と朝。週休二日になっても、週末は楽しく、月曜の朝が憂鬱なことは今も変わらない。

そして最近は、とみに月曜が憂鬱になってきた。新しい週が始まると、それだけ三十が近づいてくる。ああ、もうジリ貧状態なのに、海斗は一向に捕まえられない。どうしよう?

愛茉は鏡に向かい、化粧と服装をチェックしてから家を出た。

職場である銀座の店に入ると、更衣室に向かった。スタッフは皆黒いパンツスーツが制服だ。

「弓野さん、知ってます?」

先に来ていたスタッフが近づいてきた。

「なに？」

「野添さんの事件ですよ」

旧姓野添京子は、旧財閥系企業の御曹司・鹿島智弘と結婚した、かつての後輩社員だ。

「ネットニュースで見たんです。旦那さんに暴力を振るわれて、救急車で病院に担ぎ込まれたんですって」

「ええっ⁉」

愛茉はあわててスマートフォンを取り出し、最新ニュースを検索した。

記事によれば、R商事副社長の鹿島智弘氏より、妻が階段から転落したという電話があり、救急隊が駆け付けた。しかし妻は夫に殴られて階段から転落したと訴えた。

病院でも、日常的に暴力を振るわれていた痕跡を確認したため警察に通報し、任意で取り調べが行われているという。

「大変なことになりましたね。これ、離婚じゃ済まないですよ」

「傷害罪で告訴ですね、きっと」

「名門の御曹司なのにＤＶなんて、信じらんないわ」

「あら、ＤＶに貴賤なしよ」

　スタッフたちのおしゃべりが聞こえる。その声は音楽のように、愛茉の耳を通り抜けてゆき、意味のある言葉には聞こえなかった。

　代わりに、恵の凛とした声が耳に甦った。

「皆さんが本当に求めているのは藤原さんなんですか？」

　愛茉は生まれて初めて、真摯な気持ちで自分に問いかけた。

　私は何を求めていたんだろう？　何を羨んでいたんだろう？

　京子と自分を比べることに、何の意味があったんだろう。いや、京子だけじゃない。他のすべての女性と、すべての人間と自分を比べて、いったい何になるんだろう。自分はここに、たった一人しかいないのに。自分は他の誰にもなれないし、他の誰かも自分にはなれないのに。

　愛茉はスマートフォンをバッグに戻した。いつの間にか身体が軽くなっていた。

　一番高く買ってくれる人に自分を売るなんて、考えるのはもうやめよう。他人に見せびらかしたい人でなく、自分が本気で好きだと思える人を探そう。その人を見つけて、一緒に人生を歩いていこう。

両肩にのしかかっていた重い荷物を下ろしたような気分で、愛茉は大きく深呼吸した。

四月に入ると春たけなわだった。日はすっかり長くなり、桜は満開で、水も温んでくる。

めぐみ食堂のメニューにも、筍、そら豆、アスパラ、タラの芽、蕗、グリーンピースが登場してくる。筍と蕗、アスパラは他の料理にも使うが、おでんの具にも入れる。季節野菜のあっさり煮といった趣で、楽しみにしてくれるお客さんも増えた。

四月最初の月曜日、めぐみ食堂は九時まで貸し切りにした。向井十和子、麻生瑠央、弓野愛茉、田代杏奈の四名の予約が入ったのだ。三月いっぱいで十和子がキハラ食品を退職し、同時にオーケストラのインスペクターも辞任することになったので送別会を開くことになり、めぐみ食堂が選ばれた。「全員一致ですぐ決まったわ」と、予約の電話で瑠央は言った。まことに嬉しい話だった。

「こんばんは」

店を開けて五分ほどで、四人の美女が入ってきた。

「いらっしゃいませ。どうぞ、ご予約席に」

恵は中央の四席に割箸をセットしておいた。

「何となく春めいてるわね。お店も、メニューも」

十和子は店内を見回して言った。

「フレンチの新しいお店は如何ですか？」

「おかげさまで順調。新しく提案したメニューも評判が良いのよ」

十和子はすでに、友人のレストランで働き始めている。店が月曜定休なので、今日は一日フリーだった。

「私たち、土曜日に早速行ってきたの」

瑠央がおしぼりで手を拭きながら言った。

「フレンチのお店だけど、小さなお子さんを連れた家族連れのお客さんが何組もいて、意外だったわ」

「お子さんがアレルギーだから、一緒にレストランで食事出来るとは思わなかったって、お母さんが店長に感謝してたわ。何となく、こっちまでジンときちゃった」

愛茉は十和子に向かって微笑みかけた。

「自分にアレルギーがないから今まで他人事みたいに思ってたけど、生まれてくる子がアレルギーの可能性もあるのよね」

杏奈はしみじみと言った。

「もっとああいうお店が増えればいいのに」

十和子は嬉しそうに微笑んでいる。その顔は穏やかで、静かな自信に満ちて、以前よりずっと魅力的だ。

いや、十和子だけではない。瑠央も、愛茉も、杏奈も、一皮剝(む)けた感じがする。みんな元々美人だったが、表面を曇らせていた邪念が消え、生来の美しさが素直に表れるようになった。

「お通しは、何がよろしいですか？」

今日の大皿料理は新ゴボウの白和(しらあ)え、もずく酢、そら豆、グリーンピースと小エビの中華炒め、絹さやとハムのキッシュ。もずくは生を買ってきて、自家製三杯酢で和えたので、味も歯触りも市販のものとはまるで違う。

「じゃあ、やっぱりもずくは外(はず)せないわね。私はあと、そら豆をいただくわ」

十和子が最初に注文を決めると、他の三人も次々声を上げた。

「私、中華炒め」

「ゴボウの白和え」

「それじゃ、私はキッシュ。これで全品制覇ね」

最後に杏奈が言って楽しそうに笑った。

「乾杯のお酒はお店からプレゼントさせていただきます。十和子さんの門出を祝って、モエ・エ・シャンドンです」

恵がカウンターにシャンパンの瓶（びん）を置くと、四人の美女は大きく拍手した。四客のフルートグラスになみなみと注いでも、瓶にはまだシャンパンが残っている。

「私もお相伴（しょうばん）させていただきます」

恵は自分もグラスを出して、残りの酒を注いだ。

「おめでとうございます！」

グラスを合わせる音に続いて、乾杯の声がめぐみ食堂に響いた。

「お楽しみはこれからね」

大皿料理を肴（さかな）に、そろそろグラスが空になろうかという頃合いで、十和子が言った。その言葉を合図に、四人は一斉に壁の方に顔を向け、「本日のお勧め料理」を眺めた。

ホタルイカの刺身、鯛（刺身またはカルパッチョ）、ホタルイカと筍とワカメのぬた、アサリのワイン蒸し、天ぷら各種（筍、アスパラ、そら豆、タラの芽、アシタバ）。

「こっちも全メニュー制覇ね」

杏奈の言葉に、温かな笑い声が起きた。

「こんにちは」

突然入り口の戸が開いて、藤原海斗が姿を現した。

「あら、いらっしゃいませ」

四人の美女はまったく予想外だったようで、目を丸くしている。

「開店前に店に電話したら、今日、ここで十和子さんの送別会を開くって聞いて、大急ぎで駆け付けたんです」

海斗は十和子の前に進み出た。十和子もあわてて椅子から立ち上がった。

「十和子さん、これまでJオケのためにご尽力をいただき、ありがとうございます。長い間、お疲れ様でした」

海斗はキチンと頭を下げた。十和子も礼を返した。しかし、海斗を見返すその目には、かつてのような執念はまるでなく、ただ感謝と好意が宿っているのみだった。

そして、二人の様子を見つめる瑠央、愛茉、杏奈の三人も、十和子と同じく濁りのない、澄んだ瞳をしていた。

「これ、プレゼントです。知り合いが作ってるビオワインです。無農薬だから、お宅の店にも合うかと思います」

海斗は細長い紙袋を十和子に手渡した。

「良かったら、今日、皆さんで試飲して下さい。いいですかね？　ママさん」

恵が頷くと、海斗は軽く頭を下げた。

「お気に召したら、お店の方に箱で届けさせます」

「本当に、ありがとうございます」

十和子は深々と頭を下げた。

「一度、うちの店にもお顔を見せて下さい。店長、料理の腕は一流ですから」

「必ず、お伺いします」

海斗はニッコリ笑顔になると、カウンターの方へ振り返った。

「皆さん、僕はこれで失礼します。野暮用が残ってるんで」

三人の美女は短く挨拶の言葉を口にして、小さく頭を下げた。

「皆さん、シメはトー飯をお忘れなく。じゃ、また」

海斗はさっと手を振ると、ジャケットの裾を翻し、軽い足取りで店を出て行った。

恵も、四人の美女も、思わず溜息を漏らした。やっぱり超のつくイケメンで、良くも悪くも爽快（そうかい）な男だった。

十和子の送別会は順調に進み、九時を回ってお開きになった。

「ご馳走さまでした」

十和子以外の三人で仲良く割り勘にして勘定を済ませた。恵は見送るためにカウンターを出た。

と、四人の美女は恵を取り囲み、秘密めかして額（ひたい）を寄せてきた。

「ねえ、ママさん、今まで何組もカップル誕生させたって本当？」

「この店、婚活のパワースポットだって聞いたわよ」

「いえ、そんなことは……」

ありませんと言おうとして、恵は考えを変えた。

「はい、その通りです。だから真剣に結婚を考えたときは、いつでもいらっしゃい。全力でお力になります」

四人の美女は顔を見合わせ、揃ってガッツポーズをした。

「イエ～イ！」

「やったね！」

「嬉しい！」

「頼りにしてます！」

恵は四人の顔を見回して、レディ・ムーンライト時代の決めポーズを取った。

「皆さんの婚活に、光あれ！」

十和子も瑠央も愛茉も杏奈も、みんな明るい笑顔になり、しんみち通りを駅の方に去って行った。

店に戻ろうと、くるりと踵を返したときだった。

「ずいぶんときれいどころの集団だな。店でファッションショーでもあったのか？」

真行寺巧だった。

「あら、お珍しい」

「近くに用事があったから寄ってみた。夕飯、食いそこなった」

「どうぞ、どうぞ。大根もコンニャクもトー飯もありますよ」

恵は真行寺を店に招じ入れた。

「夕飯は口実で、実は礼を言いに来た」

「あらら、それはまたお珍しい」

「今日、大口のオフィス賃貸契約がまとまった。ＫＩＴＥの藤原氏の口利きらしい。お前のお陰だ。ありがとう」

真行寺は恵に向かって頭を下げた。

改まって礼を言われるのは初めてだ。大いに戸惑ったが、次の瞬間には嬉しさが込み上げた。素直な真行寺も、海斗の配慮も、どちらも嬉しい。

「どう致しまして。お礼はまた、牛タンでお願いしますよ」

真行寺は小さく笑みを浮かべ、カウンターに腰を下ろした。

「お安い御用だ」

「実はね、さっきの美女たち、うちへ婚活の相談に来たのよ」

真行寺は、さもバカにしたように露骨に唇をひん曲げた。

「あれならお前に相談しなくたって、男が放っとかないだろ。それより、自分の婚活考えろよ」

「ＡＩしか愛せない男を愛した女は、どうすればいいのでしょう」

「話が見えん」

「聞きたい？」

「別に」

「嘘ばっかり」

恵は瓶（びん）ビールの栓（せん）を抜き、グラスに注いでカウンターに置くと、芝居気たっぷりに語り始めた。

「昔、昔、ある所に……じゃなくて、つい最近、めぐみ食堂に……」

春の夜話は続いていった。

〈了〉

『婚活食堂4』レシピ集

○小松菜と厚揚げの辛子醤油和え

〈材　料〉２〜３人分
小松菜1把（３００ｇくらい）　厚揚げ1枚（１７０ｇくらい）
Ａ（昆布出汁大匙２　薄口醤油小匙２
みりん小匙1　練り辛子小匙1）　塩少々

〈作り方〉
①鍋に湯を沸かし、沸騰したら塩を入れて小松菜を1分ほど茹でる。茹で上がったら冷水に取り、水気を切って長さ４cmに切る。
②厚揚げを耐熱容器に入れてふんわりとラップし、６００Ｗの電子レンジで1分半加熱する。
③厚揚げのあら熱が取れたらボウルに入れ、手でつぶす。油が気になる場合は、②の最初に熱湯をかけて油抜きすると良い。
④Ａをよく混ぜ合わせて③に入れ、①の小松菜を加えて和える。
☆Ａを作るのが面倒なら、めんつゆや出汁醤油、白醤油などを薄めて代用してもＯＫです。

○干し野菜のサブジ

〈材　料〉2〜3人分

干し野菜［ズッキーニの輪切り10g、カブのくし切り20g、長芋（ながいも）の輪切り40g］

水200cc　トマトざく切り2分の1個（120g）

サラダ油大匙1〜2　クミンシード小匙2　ターメリック小匙4分の1　塩小匙2分の1　チリパウダー適宜（てきぎ）

〈作り方〉

①干し野菜を200ccの水に浸けて20分ほど戻す。

②鍋を火にかけ、サラダ油とクミンシードを入れて弱火で香りを立てる。

③水で戻した野菜を汁ごと鍋（なべ）にあけ、トマト、ターメリックと塩を加えたら蓋（ふた）をして強火にする。沸騰したら、弱火にして10分ほど煮る。

④最後に好みでチリパウダーを振って出来上がり。

☆干し野菜は切って、1日天日干（てんぴぼ）しにするだけで出来る。煮物にすると、生の野菜より味が濃くなって美味（おい）しい。一度お試しを。

☆クミンシードやターメリックがない場合は、カレー粉やガラムマサラを代用して下さい。

○カプレーゼ

〈材　料〉2〜3人分
モッツァレラチーズ100g　トマト2個　バジルの葉適量
オリーブオイル大匙2　レモン汁小匙1　塩小匙3分の1　黒胡椒（こしょう）適宜

〈作り方〉
①トマトを湯むきして5㎜ほどの厚さにスライスし、キッチンペーパーに載せて水気を切る。
②モッツァレラチーズを5㎜程度にスライスし、キッチンペーパーに載せて水気を切る。
③バジルの葉1枚をみじん切りし、オリーブオイル・レモン汁・塩とよく混ぜ合わせ、バジルソースを作る。
④皿にトマトとモッツァレラチーズを交互に並べ、周囲にバジルソースをかけ、バジルの葉をトッピングする。お好みで黒胡椒を振る。
☆バジルソースにニンニクペーストを少し混ぜても美味しいです。レモン汁の代わりにバルサミコ酢を使うレシピもあります。
☆バジルを刻むのが面倒なら、市販の乾燥バジルを使ってもOKです。好みに合わせて色々な組み合わせを試してみて下さい。

○白子（しらこ）とゆり根のシガール

〈材　料〉2人分
白子150g　ゆり根（鱗片（りんぺん）で）12枚

春巻きの皮３枚
塩小匙１　酢小匙１　揚げ油適宜　山椒塩適宜

〈作り方〉
①鍋に湯を沸かし、塩と酢を入れて沸騰させる。
②適当な大きさに切った白子を入れて30秒ほど茹で、ザルにあけて冷ます。冷めたら10等分する。
③ゆり根の鱗片12枚を半分の大きさに切る。
④春巻きの皮を対角線で三角に切り、１枚を４等分する。
⑤白子とゆり根を12分の１ずつ春巻きの皮に載せて巻く。
⑥１７０度の揚げ油で表面が色付くまで揚げる。

☆つけて食べる塩は、山椒塩がお勧め。

○たらこ豆腐

〈材　料〉２〜３人分
たらこ１腹　豆腐１丁　出汁６００cc
（あるいは顆粒出汁を水６００ccで溶く）
薄口醤油適宜　水溶き片栗粉適宜

〈作り方〉
①豆腐は12等分、たらこはひと口大に切る。
②鍋に出汁を入れて火にかけ、沸騰したら豆腐を入れて２〜３分煮込む。たらこを加え、豆腐とたらこを軽く崩すように混ぜる。
③味を見て塩気が足りなければ薄口醤油を

加え、水溶き片栗粉で軽くとろみをつける。

○甘エビのマヨネーズ和え

〈材　料〉2人分

甘エビ（刺身用）1パック（150gくらい）

A［マヨネーズ大匙4　ケチャップ小匙2　コンデンスミルク小匙1　白胡椒少々］　チャービル（セルフィーユ）少々

〈作り方〉

①Aをよく混ぜ合わせる。

②甘エビをボウルに入れ、Aを加えてよく和える。

③器に盛ってチャービルを飾る。

☆チャービル（セルフィーユ）はフランス料理によく使われる香草で、フレンチパセリとも呼ばれます。スーパーで普通に手に入る食材ですが、他の香草で代用しても、なしでもOKです。

○チーズのチヂミ

〈材　料〉2人分

ニラ1束　ピザ用チーズ大匙3

胡麻(ごま)油大匙2

A［小麦粉150cc　片栗粉大匙2　卵1個　味覇(ウェイパー)または中華スープの素(もと)小匙2　水200cc］

〈作り方〉

①ニラは長さ3cmくらいに切る。

②ボウルにAの材料をすべて入れてよく混ぜ合わせ、最後にニラとピザ用チーズを加えて混ぜる。
③フライパンに胡麻油大匙1を入れ、ボウルの中身半量を入れて伸ばし、中火で両面をよく焼く。出来上がったら残りの半量も焼く。

☆表面はカリッと、中はモチッとした食感で、味覇のお陰で、つけダレなしで美味しく食べられる。
☆Aのかわりに市販のチヂミ粉を使えば失敗もありません。

○ゆり根としめじのバターホイル蒸し

〈材　料〉２人分
ゆり根４株　しめじ1株
バター30ｇ　黒胡椒適量　お好みで塩または醤油少々

〈作り方〉
①ゆり根は洗って鱗片を1枚ずつ剝(は)がし、更(さら)に洗って黒い部分を落とす。大きな鱗片は２つに切る。
②しめじは石突きを落とし、手で1本ずつバラバラにする。
③ゆり根としめじを混ぜ合わせ、黒胡椒を振る。
④アルミホイルを２枚広げて③を半量ずつ載せ、バターを15ｇずつトッピング

し、キャンディのように包む。
⑤蒸し器に並べて15分ほど蒸して出来上がり。蒸し器がない場合はフライパンに水300ccを入れ、ホイル包みを入れて蓋をし、殻が開くまで蒸し焼きにする。
⑥塩味が足りない場合は塩、醤油、ポン酢などをかけて下さい。

○アサリのワイン蒸し

〈材　料〉2人分
アサリ1パック（250gくらい）
オリーブオイル大匙1　ニンニク1片
白ワイン50cc　塩・胡椒少々　パセリ適宜　バター大匙1

〈作り方〉
①アサリを砂抜きする。500ccの水に塩15g（海水と同じ塩分濃度）の水で、ヒタヒタになる状態で1時間程度置く。
②ニンニクとパセリはみじん切りに。
③フライパンにオリーブオイル、ニンニクを入れて弱火にかけ、香りを出す。
④③にアサリ、白ワインを加えて塩と胡椒を振り、蓋をして中火で加熱する。アサリの殻が開いたらパセリとバターを加えて出来上がり。

☆砂抜きアサリを使えば手間が省けます。

○牛タンのおでん

〈材　料〉
皮なし牛タン1本（700〜1000

g）
揉み塩（タンの重量の３％）　水２０００cc　おでんスープ適宜

〈作り方〉

①牛タンにフォークで満遍なく穴を空け、全体に塩をすり込む。そのままキッチンペーパーに包んで冷蔵庫でひと晩寝かせる。

②鍋に水を張り、牛タンを水から煮る。煮立ってきたら丁寧にアクを取る。

③アクを取り終わったら別鍋に移し、おでんスープ（あるいは好みのスープ）で煮る。３時間煮たら火を止め、冷めたらもう一度２時間煮ると、口の中でホロホロと崩れるほど柔らかい牛タンおでんが出来上がる。人数分に切り分けてお召し上がり下さい。

☆タンを煮るスープは和・洋・中、お好みの味でどうぞ。ただし、どのスープでも日本酒を１合入れると旨味が増します。

○新ゴボウの白和え

〈材　料〉２人分

新ゴボウ２本（１５０g）　厚揚げ１枚
煎り胡麻（白）大匙２　砂糖大匙２
塩少々　白出汁適宜

〈作り方〉

①新ゴボウを拍子木に切り、３分ほど茹でる。ザルに上げたら白出汁（適当に薄めて）に10分ほど浸ける。

②擂り鉢で煎り胡麻をねっとりするまで擂

る。
③厚揚げに熱湯をかけて油抜きし、ペーパータオルで水気を取る。
④厚揚げをサイコロ状に切り、②の擂り鉢（擂り胡麻は入れたまま）に入れて擂る。そこに砂糖と塩を加え、和え衣を作る。
⑤白出汁で下味をつけた新ゴボウと和え衣をからませる。
☆白和えに厚揚げを使うと水切りの時間が省け、コクも出ます。
☆胡麻を擂るのが面倒な場合は、白練り胡麻を小匙1〜2杯入れて下さい。

○もずく酢

〈材　料〉2人分

生もずく1パック（150〜200g）

生姜（しょうが）1かけ

A（出汁大匙6　酢大匙2　醤油大匙1　みりん大匙1）

〈作り方〉

①もずくをさっと洗ってザルに上げ、水気を切る。
②Aをよく混ぜ合わせる。
③生姜を擂って搾（しぼ）り汁を②に混ぜる。
④もずくと③をさっと混ぜ、器に盛る。
☆私の好みで酸味をかなり控えめにしてあります。
☆一般的な三杯酢の配合は、出汁大匙6・

酢大匙３・醬油大匙１・みりん大匙１です。
☆出汁の代わりにめんつゆや白出汁を薄めて使い、自分好みの味に調整していただくのもお勧めです。

この物語はフィクションです。
実在の人物・団体などには一切関係ありません。
本書は、書き下ろし作品です。

著者紹介
山口恵以子（やまぐち　えいこ）
1958年、東京都江戸川区生まれ。早稲田大学文学部卒業。松竹シナリオ研究所で学び、脚本家を目指し、プロットライターとして活動。その後、丸の内新聞事業協同組合の社員食堂に勤務しながら、小説の執筆に取り組む。2007年、『邪剣始末』で作家デビュー。2013年、『月下上海』で第20回松本清張賞を受賞。主な著書に「食堂のおばちゃん」「婚活食堂」シリーズや『風待心中』『毒母ですが、なにか』『食堂メッシタ』『夜の塩』『いつでも母と』『食堂のおばちゃんの「人生はいつも崖っぷち」』『さち子のお助けごはん』がある。

ＰＨＰ文芸文庫　婚活食堂４

2020年11月19日　第１版第１刷
2023年４月７日　第１版第４刷

著　者　山口恵以子
発行者　永田貴之
発行所　株式会社ＰＨＰ研究所
東京本部　〒135-8137 江東区豊洲5-6-52
文化事業部　☎03-3520-9620（編集）
普及部　☎03-3520-9630（販売）
京都本部　〒601-8411 京都市南区西九条北ノ内町11
PHP INTERFACE　https://www.php.co.jp/
組　版　朝日メディアインターナショナル株式会社
印刷所　図書印刷株式会社
製本所　東京美術紙工協業組合

ISBN978-4-569-90083-4

PHP文芸文庫

婚活食堂 1～3

山口恵以子 著

名物おでんと絶品料理が並ぶ「めぐみ食堂」には、様々な恋の悩みを抱えた客が訪れて……。心もお腹も満たされるハートフルストーリー。

風待(かぜまち)心中

山口恵以子　著

江戸の町で次々と起こる凄惨な殺人事件、そして驚愕の結末！　男と女、親と子の葛藤が渦巻く、一気読み必至の長編時代ミステリー。

PHP文芸文庫

本所おけら長屋（一）〜（十五）

畠山健二 著

江戸は本所深川を舞台に繰り広げられる、笑いあり、涙ありの人情時代小説。古典落語テイストで人情の機微を描いた大人気シリーズ。

PHP文芸文庫

鯖猫長屋ふしぎ草紙（一）〜（八）

田牧大和 著

事件を解決するのは、鯖猫!? わけありな人たちがいっぱいの「鯖猫長屋」で、不可思議な出来事が……。大江戸謎解き人情ばなし。